Eternamente Vostro

LIBRI DI LUCINDA BRANT

— *La saga della famiglia Roxton* —

NOBILE SATIRO

MATRIMONIO DI MEZZANOTTE

DUCHESSA D'AUTUNNO

DIABOLICO DAIR

LADY MARY

IL FIGLIO DEL SATIRO

ETERNAMENTE VOSTRO

CON ETERNO AFFETTO

— *Serie Salt Hendon* —

LA SPOSA DI SALT HENDON

IL RITORNO DI SALT HENDON

— *I gialli di Alec Halsey* —

FIDANZAMENTO MORTALE

RELAZIONE MORTALE

PERICOLO MORTALE

PARENTI MORTALI

'Occhialino e penna d'oca, e via nella mia portantina—il 1700 impazza!'

Quando non mi sto facendo sballottare in giro sulla mia portantina o non sto scambiando pettegolezzi con i cortigiani profumati e imbellettati nei salotti dorati di Versailles, scrivo bestseller storici georgiani e gialli con un tocco di romanticismo. I miei libri sono ambientati nell'Inghilterra georgiana del 1700, con qualche occasionale puntata nell'Europa continentale. Mi fermo prima della Rivoluzione francese, dove ho perso una delle mie vite precedenti sulla ghigliottina a causa del mio imperdonabile stile di vita edonistico, come sfaccendata aristo!

lucindabrant.com
lucindabrant@gmail.com
facebook.com/lucindabrantbooks
twitter.com/lucindabrant
youtube.com/lucindabrantauthor
pinterest.com/lucindabrant

Eternamente Vostro

LETTERE DELLA FAMIGLIA ROXTON

PRIMO VOLUME

Lucinda Brant

TRADUZIONE DI MIRELLA BANFI

A Sprigleaf Book
Pubblicata da Sprigleaf Pty Ltd

Eternamente vostro: Lettere Roxton, primo volume

Originale inglese: Eternally Yours
Traduzione italiana di Mirella Banfi
Revisione a cura di Marina Calcagni
Progettazione artistica e formattazione: Sprigleaf

Disponibile come e-book, audiolibri e nelle edizioni in lingua straniera.

ISBN 978-1-925614-41-1

10 9 8 7 6 5 4 3 2 1 (i) I

per

i miei lettori

CONTENUTO

LE LETTERE DI 'NOBILE SATIRO'

LE LETTERE DI 'MATRIMONIO DI MEZZANOTTE'

LE LETTERE DI 'DUCHESSA D'AUTUNNO'

PREFAZIONE

Di Sua Grazia, Alice-Victoria Edwina Hesham, decima duchessa di Roxton, nel centocinquantesimo anniversario del matrimonio di Antonia Moran a Renard Julian Hesham, quinto duca di Roxton.

È CON GRANDE ORGOGLIO e soddisfazione che vi offro questo volume, il primo di due epistolari, una selezione della corrispondenza dei miei stimati antenati e delle persone che rivestivano un ruolo importante nella loro vita.

Il primo volume è pubblicato per coincidere con la commemorazione del centocinquantesimo anniversario del matrimonio della mia antenata francese, Antonia Diane Moran, nipote del generale giacobita James, primo conte di Strathsay, a Renard, quinto duca di Roxton, il bis-bis-bisnonno di mio marito, l'attuale duca di Roxton, che ne porta orgogliosamente il nome.

Questo epistolario è venuto alla luce nelle circostanze più sorprendenti, e sarei negligente se non menzionassi ciò che è stato pubblicato nei giornali, non solo qui in Inghilterra, ma dall'altra parte dell'Atlantico, a New York City. Senza dubbio gli articoli a New York sono dovuti al ramo americano della famiglia Roxton che risiede lì fin dalla fondazione di quella grande nazione. L'influenza politica della famiglia, che non è mai cessata in quel paese democratico, è oggi rappresentata in particolare dal senatore Hubert Charles Fitzstuart, anch'egli diretto discendente del primo conte di Strathsay, del quale siamo immensamente fieri.

Qualche anno fa, nella sede ducale nell'Hampshire, Treat, si stava ri-catalogando la vasta collezione di libri e monografie contenuti nella biblioteca, mentre veniva restaurata la biblioteca stessa, quando gli operai hanno scoperto una porta segreta all'interno della struttura della pannellatura di quercia. La famiglia aveva perso il ricordo di questa porta, ed è opinione degli esperti che sia stata sigillata fin dall'inizio di questo secolo, ben prima che Sua Maestà la Regina Vittoria salisse al trono. Successive ricerche condotte dal professor West-Hamilton della Trinity Hall, Oxford, il rinomato esperto della genealogia dei Roxton, e autore dell'acclamata biografia del grande filantropo in campo medico della famiglia, lord Henri-Antoine Hesham, il figlio minore di Antonia Roxton, hanno rivelato che questa porta fu sigillata su ordine di Frederick, il settimo duca di Roxton. Non è questo il posto per le congetture, ma il professor West-Hamilton ritiene che la risposta possa trovarsi in ciò che è stato scoperto nascosto dietro questa porta.

Aperta per la prima volta in cent'anni, la porta ha rivelato una scala, dalle pareti rivestite di librerie, che conduceva alle stanze sopra la biblioteca, usate come appartamento privato dai duchi di Roxton per quattro generazioni, fino al settimo duca. Fu Frederick che fece convertire quell'appartamento privato in camere e in un'aula scolastica per le sue sei figlie. Si pensa che sia stato durante questa conversione che la scala fu bloccata ad entrambi gli ingressi, per poi essere dimenticata dalle generazioni seguenti.

La scoperta della scala segreta è di per sé un fatto straordinario, perché è risaputo che i duchi di Roxton erano grandi bibliofili, e probabilmente nessuno più della mia antenata, la quinta duchessa. Antonia, duchessa di Roxton e Kinross, non solo era celebrata come una delle donne più belle dei suoi tempi ma anche come intellettuale. Era anche una grande linguista, perché leggeva, scriveva e conversava non solo nel suo francese natio, ma aveva una conoscenza altrettanto approfondita di inglese, italiano, greco e latino. Quindi, non fu una sorpresa per la famiglia che il quinto duca e la sua duchessa avessero cercato un sistema comodo e privato per accedere al contenuto della loro biblioteca attraverso una scala tra le loro stanze più private e la biblioteca stessa.

Ma quello che sorprende, e meraviglia, è ciò che è stato scoperto sugli scaffali che rivestono questa scala segreta. La famiglia aveva sempre creduto, in effetti mio marito aveva sentito più volte la storia da ragazzino, da suo nonno Anthony, l'ottavo duca, che la corrispondenza privata dei quinti duchi fosse di natura troppo intima e che quindi fosse stata presa la decisione di distruggerla per ordine di suo padre Frederick. Distruzione considerata necessaria, non solo per preservare il buon nome dell'illustre famiglia dei Roxton, ma anche l'intimità dei vari corrispondenti.

Posso ora rivelare per la prima volta che questa corrispondenza non fu distrutta, ma solo messa al riparo da occhi curiosi. Perché sugli scaffali nella scala segreta ci sono centinaia, se non migliaia, di pagine di corrispondenza privata, non solo sotto forma di lettere, ma anche di diari. Ci sono scatole di pelle rossa piene di lettere, biglietti, piccoli ricordi e diari scritti dalla quinta duchessa. Tutti i diari sono in francese, ovviamente, mentre le lettere ai vari corrispondenti sono in francese, italiano e inglese. Una parte di questa corrispondenza è stata effettivamente ritenuta di natura troppo intima per la pubblicazione, ed è espresso desiderio del duca e mio che rimanga sotto chiave, indisponibile sia per la famiglia sia per gli studiosi. Questo però nulla toglie all'entusiasmo della famiglia per questa scoperta, perché il grosso della corrispondenza fornisce un'opportunità unica di approfondire la storia della famiglia e apre una finestra su un'era passata, quando le donne portavano sottane più ampie della loro altezza e gli uomini vestivano di satin ricamato e sete che rivaleggiavano con quelle indossate dalle donne, e le portantine erano più numerose delle carrozze a noleggio. Era il mondo prima delle rivoluzioni americana e francese, prima dell'industrializzazione e delle grandi città, dove le persone, grandi e piccole, vivevano la loro vita a un passo molto più lento; questo era il mondo abitato dalla mia antenata, e antenata di mio marito Renard, la bis-bis-bisnonna del decimo duca di Roxton, Antonia Moran.

È giusto che questa selezione di lettere sia pubblicata nel centocinquantesimo anniversario del matrimonio di Renard, quinto duca di Roxton, con la sua giovane sposa, Antonia Moran, diretta discendente di Sua Maestà Carlo II, e che sposò non uno ma due duchi, uno inglese e l'altro scozzese, e che è, di conseguenza, l'antenata di due tra i più importanti ducati nel Regno che possono vantare una continua discendenza in linea maschile fino ai giorni nostri.

È giusto far notare che sia questo sia il volume che seguirà sono pubblicati privatamente, e non per l'uso pubblico. Troveranno posto sugli scaffali di persone scelte per il loro interesse accademico nella stirpe dei Roxton che desiderano ottenere una visione più approfondita della vita e delle motivazioni dei miei antenati.

Desidero ringraziare per i loro sforzi il bibliotecario di Treat, Sir Elliott Fortescue Bt. e il suo assistente, il signor Percival Mandrake, il professor Sir Marcus West-Hamilton e l'eminente linguista francese, Monsieur Auguste Martin, che hanno lavorato su questo volume per tre anni e che continueranno a lavorare per il prossimo, e senza il cui aiuto questa corrispondenza non avrebbe mai visto la luce. Questo volume è dedicato a mio marito, Renard.

Alice-Victoria Hesham
Sua Grazia la nobilissima duchessa di Roxton
Marzo, 1896

NOTA DEGLI EDITORI

Le lettere e le pagine di diario di questo primo dei due volumi previsti seguono l'ordine cronologico. Il primo capitolo comincia con la corrispondenza degli inizi del 1700, prima del matrimonio di Antonia Moran, fino a quando diventa la quinta duchessa di Roxton. Il secondo capitolo inizia e finisce con una nascita, e tratta la corrispondenza tra membri della famiglia e servitori privilegiati durante il matrimonio del quinto duca e della duchessa.

Il terzo capitolo è stato il più difficile, non solo per quanto riguarda la scelta delle lettere da includere, ma per il contenuto doloroso della corrispondenza e delle pagine di diario, poiché tratta della grande sofferenza di Antonia Roxton alla morte del suo primo marito, il quinto duca, e la conseguente sofferenza dei membri della famiglia. Non era intenzione di Sua Grazia o nostra, come compilatori, di angosciare il moderno lettore con una corrispondenza così straziante, e con nessuna delle lettere incluse, ma fare luce sulla forza e profondità di sentimenti che ha reso il matrimonio dei quinti duchi una leggenda, non solo per i membri della loro stessa famiglia, ma anche oltre l'ampia cerchia di amici, attraverso i tempi fino al giorno d'oggi.

Tutte le traduzioni dal francese, e quelle dall'italiano, sono state curate meticolosamente da Monsieur Auguste Martin, cui gli editori sono estremamente grati.

Sir Elliot Fortescue Bt., C.B.E.
Professor Sir Marcus West-Hamilton, G.C.M.G., O.B.E.
Aprile, 1896

LE LETTERE DI 'NOBILE SATIRO'

Nobile Satiro
Lettera I

Mlle Moran, L'appartement du Prince au Château de Versailles, a Monsieur le Duc de Roxton, Hôtel Roxton, Rue St. Honoré, Parigi.

[*Consegnata a Versailles tramite un servitore.*]

Agosto, 1745

M'sieur le Duc de Roxton!

Sono Antonia Moran, figlia di vostra cugina, Lady Jane Fitzstuart, e del cavalier Frederick Moran. Non siamo ancora stati formalmente presentati ma sono vostra parente anche attraverso un comune antenato, vostro nonno Henry, il quarto duca di Roxton, che era il mio bis-bisnonno. Perderò presto la protezione di mio nonno, il generale Lord Strathsay, perché sta morendo. Entrambi i miei genitori sono morti. Sono orfana e minorenne, e chiedo la protezione di un membro della famiglia.

Saprete già tutto questo, o perché siete interessato ai membri e alla genealogia della vostra illustre famiglia, o perché ve l'ho detto io. Questa è la quarta lettera simile che vi scrivo e vi faccio consegnare. Inoltre, penso anche che mio padre vi abbia scritto un po' di tempo prima di morire, delineando i suoi programmi per me e chiedendovi, come capo della famiglia, di prendervi cura di me.

Monsieur le Duc, non mi avete ancora fatto la cortesia di rispondermi.

Non sono volutamente scortese, ma la mia situazione sta peggiorando di giorno in giorno. Né è compito mio dirvi quali sono i vostri doveri nei confronti dei vostri parenti, in particolare verso una che a voi deve sembrare essere spuntata dal nulla come un fungo. Ma come capo della famiglia tocca a voi offrirmi protezione. Se avessi qualcun altro cui rivolgermi, o qualche altro posto dove andare, lo farei. Vi ho osservato molte volte a corte, ed è opinione comune che non sopportiate gli stupidi, né sembrate particolarmente preoccupato riguardo all'immoralità di alcune delle vostre azioni. Niente di questo è affar mio. Ciò che fate non mi riguarda, come potreste giustamente dirmi in faccia, se mi fosse data l'opportunità di parlarvi.

Ciò che sto cercando di dire è che non mi preoccupa minimamente che altri possano pensare che siate inadatto ad essere il mio tutore legale, come dice mio nonno e come alcuni a corte credono. Mi dicono che vi conoscono, e mi mettono in guardia contro di voi. Ma io non credo che siate intrinsecamente cattivo, né lo pensava mio padre. Anche se siete, e perdonatemi se affermo l'ovvio ma vorrei essere sempre sincera con voi, tristemente indifferente alle responsabilità familiari che derivano dal vostro rango e dalla vostra ricchezza.

Tutto ciò che vi chiedo è protezione finché si possa organizzare il mio viaggio a Londra, dalla nonna che non ho ancora conosciuto. Ho anche uno zio, là, il fratello di mia madre, che potrebbe volermi riconoscere. Quindi il vostro compito e le vostre responsabilità comincerebbero e finirebbero con il trasferirmi al sicuro in Inghilterra. È troppo da chiedere a qualcuno cui sono legata da un vincolo di sangue? Credo di no.

Quindi vedete, Monsieur le Duc, sarei solo un piccolo fastidio e vi porterei via solo un po' del vostro tempo.

Per favore, fatemi la cortesia di rispondermi di vostro pugno, o di cercarmi a corte, appena possibile.

Serva vostra umilissima,
Antonia Moran

Nobile Satiro
Lettera 2

Il molto onorevole conte di Strathsay, L'appartement du Prince au Château de Versailles, Francia, alla molto onorevole contessa di Strathsay, Hanover Square, Westminster, Londra, Inghilterra.

L'appartement du Prince au Château de Versailles
Settembre, 1745

Signora,

Presto il vostro più grande desiderio sarà esaudito. Sto morendo e la mia morte non tarderà ancora per molto. Sarete una vedova e finalmente vi sarete liberata di me. Ho la [*censurato*]. Volesse il cielo che foste voi la [*censurato*] che me l'ha attaccata, così potrei odiarvi anche di più. Ma è impossibile odiarvi più di quanto già faccia. Il mio prete mi dice che devo perdonarvi. Che per poter andare in paradiso devo perdonare tutti quelli che hanno peccato contro di me. In questo modo, non solo la mia coscienza sarebbe pulita, ma anche la mia anima.

Ah, ma voi e io sappiamo che non potrò mai perdonarvi, in questa o nella prossima vita, per l'eterna dannazione della mia anima immortale. Ho pregato Dio e ho chiesto perdono, e lui, nella sua infinita saggezza, mostrerà compassione e capirà perché non posso perdonarvi.

Mi avete ingannato facendomi credere che mi avreste raggiunto in

Francia quando non c'era più speranza che la ribellione avrebbe avuto successo, eppure non siete fuggita. Invece mi avete denunciato agli inglesi. E siete stata una moglie infedele quasi dall'inizio della nostra scellerata unione. E come vi amavo! Riesco a perdonare le vostre infedeltà perché non ero mai stato fedele a una donna, eccetto che a voi. E poi, quando avete lasciato il mio letto per quello di un altro, per il letto del marito di vostra sorella, addirittura, non ho visto il motivo di continuare a esservi fedele. Ve l'ho chiesto allora, e ho continuato a fare la stessa domanda: come avete potuto giacere con vostro cognato e tradire l'amore di vostra sorella? E dai resoconti che ho ricevuto negli anni, continuate ad avere rapporti carnali con vostro cognato, sfidando i comandamenti e la legge di Dio.

Ma chi sono io per giudicare? Io, il grande generale peccatore, che ha la debolezza del suo grande genitore per le donne. Non ho forse fornicato con voi durante la vostra visita a Parigi, odiandovi allo stesso tempo? Vorrei avervi resistito, eppure sono lieto di non averlo fatto perché quel rapporto mi ha fornito un figlio ed erede e, a Dio piacendo, un futuro per i conti di Strathsay.

Non ho mai apertamente riconosciuto nostro figlio (con quel nome infernale, tutto per farmi dispetto e irritarmi, strega!) ma privatamente è sempre stato nel mio testamento e nel mio cuore. Alla fine della fiera, è la mia carne e il mio sangue, e mio figlio. Vorrei solo che non fosse figlio vostro!

Il vostro comportamento è ripugnante e innaturale e, poiché continuate a dividere il letto di vostro cognato (e non è lui forse vostro fratello, secondo le scritture?), non permetterò mai a nostra nipote di entrare nella vostra orbita corrotta. Non che io creda che Antonia possa essere corrotta. Sa bene che cosa pensare e si è già fatta le sue opinioni. Se la si ascolta senza guardarla, si può pensare che sia un giovane che discute con voi, e non una bellezza rara, che è la vostra immagine, anche se è più bella di quanto voi potrete mai essere, perché il suo cuore è puro. Se solo fosse nata maschio!

Oh, come vorrei essere una mosca sulla vostra parete quando finalmente metterete gli occhi su vostra nipote! Sarete mortificata di vedere riflessa nel suo volto incontaminato quella che una volta era la vostra faccia, anche se il suo volto è più bello. Ma se l'avrò vinta io, lei vi incontrerà solo quando sarete fredda e mangiata dai vermi, per deporre dei fiori sulla tomba di sua nonna, anche se non vi avrà mai conosciuto, perché è questo il tipo di ragazza che è.

È una gioia, e sono fortunato ad averla conosciuta prima di morire. Lei ha l'intelligenza di suo padre e il sangue di sua madre, che io reclamo esclusivamente per me (non una goccia del vostro, per quanto mi riguarda).

Devo firmare un contratto di matrimonio per lei, perché diventi un giorno la Comtesse de Salvan e, con quell'antico nome e la mia ricchezza, sarà una luce risplendente alla corte francese e, se Dio vorrà, tornerà alla vera fede, se il mio testamento sarà rispettato alla lettera.

Ve lo dico nella speranza che abbiate un briciolo di decenza materna e vi teniate alla larga da lei. Spero e prego che non vi incontriate mai.

Anche se posso controllare il futuro di mia nipote, posso fare ben poco per il mio. In buona coscienza, e perché il mio confessore giudica che debba fare la cosa giusta nei confronti della mia prole legittima, non posso rinnegare nostro figlio Theophilus (santiddio, che nome spaventoso!) che erediterà il titolo quando me ne sarò andato, e sarà il conte di Strathsay. Tutto quello che posso sperare è che abbia molti figli maschi per cancellare lo stigma di avere voi e me come antenati. Perché chi vorrà commemorare la memoria di un generale papista impestato, che non è riuscito a rimettere sul trono il suo monarca, e la sua adultera moglie senza cuore, la [*censurato*] di Ely?

Sono stanco e la mia cara dolce Maria, la mia buona convivente che erediterà quello che non lascerò ad Antonia, aspetta per tenermi la mano, per asciugarmi la fronte e sussurrare bugie, promettendomi che starò meglio. Compiti che avreste dovuto svolgere voi per me, signora, se foste stata una moglie sincera e devota e un essere umano almeno un po' decente, cose che non siete.

Vi lascio, e prego perché non ci incontriamo più, né in questa né nella prossima vita.

James Strathsay

Nobile Satiro
Lettera 3

Mlle Moran, Hanover Square, Westminster, Inghilterra, a Monsieur le Duc de Roxton, Hôtel Roxton, Rue St. Honoré, Parigi, Francia.

Hanover Square, Westminster, Inghilterra
Ottobre, 1745

Je espère que cette lettre vous trouve bien, Monseigneur!

Volevo farvi sapere il più presto possibile che Ellicott e io siamo arrivati sani e salvi a Londra e senza incidenti. Oh, non è proprio del tutto vero! C'è stato un incidente, ma non mentre eravamo in viaggio.

In effetti, tutto il viaggio da Parigi è stato programmato benissimo e non abbiamo avuto nessun contrattempo. Ellicott è stato molto sollecito e si è assicurato che a ogni tappa, a ogni miglio, il viaggio fosse piacevole e senza inconvenienti. Ovviamente, devo ringraziare voi per la tranquillità di questo viaggio. La vostra grande carrozza da viaggio, tirata da sei cavalli veloci e protetta da un contingente di uomini di scorta, ha attirato l'attenzione per tutto il viaggio. I contadini nei campi alzavano gli occhi e ci osservavano mentre passavamo in questo magnifico veicolo nero e oro; e anche la gente occupata nelle sue faccende quotidiane nei villaggi che attraversavamo. E tutte le volte che ci fermavamo per una sosta, attiravamo una gran folla. Ellicott è sempre stato sollecito a togliere dai bagagli il *nécessaire de voyage*, così che i nostri pasti, nelle locande, erano sempre serviti su piatti di porcellana, bicchieri di cristallo e posate d'argento. Penso di non aver mai mangiato cibi così semplici usando utensili così preziosi. E comunque, non ricordo di aver mangiato. Anche se Gabrielle mi dice che ho mangiato e bevuto, ma il cibo per me non aveva nessuna importanza.

La traversata da Calais a Portsmouth è stata tranquilla, grazie al vostro sloop, che ci ha portato attraverso la Manica senza problemi, e lì, ad aspettarci al molo, c'erano la vostra carrozza inglese con il vostro cocchiere inglese e i servitori, pronti a portarci a Londra.

Non vi annoierò con i miei sentimenti, o quanto mi manchiate, o per chiedervi ancora perché siete stato così freddo con me in biblioteca, tanto da essere una persona completamente diversa da quella che eravate nei vostri appartamenti privati. Vorrei che mi aveste almeno rivolto la cortesia di salutarmi, invece di partire immediatamente per la caccia di sua maestà. Ho pensato alle vostre odiose parole e alla vostra partenza repentina per molte ore e sono ancora confusa. Ora penso di essermi ammalata a furia di pensare e non voglio pensarci per niente, quindi non lo farò.

E in quanto all'incidente che è successo al nostro arrivo a Londra…

Oh, ma prima lasciate che vi racconti le mie prime impressioni di Londra. Questo posto è così rumoroso. Molto più di Parigi. Penso che sia perché, oltre alla solita cacofonia di carrozze, venditori ambulanti, bestie da soma dirette ai mercati e al consueto trambusto, qui ci sono moltissimi lavori di costruzione in corso per tutta la città, o, come mi ha corretto Ellicott, Westminster, che, a quanto pare, è tutta un'altra città. Oh, e prima che lo dimentichi, sono rimasta molto sorpresa nel sentire Ellicott parlare in inglese. Come voi quando parlate inglese, anche lui sembra una persona completamente diversa. Ma mentre la vostra voce, quando parlate inglese, è fredda e severa, Ellicott sembra amichevole quando lo parla. Tanto che ho deciso di chiamarlo Martin. Lui mi dice nel modo più gentile che non posso farlo senza il vostro permesso. Ma visto che è il suo nome, tocca a lui decidere di permettermelo o no, e così gli ho detto.

Martin è una persona troppo leale per darvi contro, e io non voglio angosciarlo, quindi continuerò a chiamarlo Ellicott in pubblico, ma in privato lo chiamerò Martin. È un nome adatto a lui.

Ma ho divagato di nuovo e non vi ho parlato dell'incidente che voglio raccontarvi. Sicuramente avrete già indovinato che riguarda mia nonna. *Parbleu*, ma ero veramente nervosa al pensiero di incontrarla! Non sapevo che cosa aspettarmi ma ciò che non mi aspettavo era di incontrare una donna che sembra molto più giovane dei suoi anni, che ha la testa di capelli rossi più stupefacente che abbia mai visto, e la cosa più sorprendente di tutti è stata scoprire che lei e io siamo molto simili di fisionomia e forma. *Incroyable*! Sì! Perfino io vedo che ci assomigliamo. Io sono stata molto lieta di questa scoperta, lei no. Mi ha guardato dall'alto in basso con un cipiglio e ha detto alla sua amica Lady Paget, in inglese, che non era sicura che le piacesse quello che vedeva, ed ero io! Riuscite a credere che una nonna dica una cosa simile della sua unica nipote, la prima volta che la incontra? Non credo che si sia resa conto che capisco l'inglese, quasi quanto il mio stesso francese, e quindi avevo capito la sua critica. Lady Paget ha detto senza mezzi termini a mia nonna che un commento simile era maleducato e che criticare il mio aspetto era come criticare se stessa. Mia nonna si è offesa e non è stata contenta di essere rimbeccata e, come un bambino viziato, ha fatto il broncio ed è andata alla finestra per nascondere il suo imbarazzo. Poi ha tentato di fare ammenda dandomi un lieve bacio su ciascuna guancia e dandomi un colpetto sulla mano in un modo sbrigativo che non mi è piaciuto per niente.

Monseigneur, non ho mai conosciuto una creatura più vanesia! Non riesce a passare davanti a uno specchio senza guardarsi. E il suo modo di vestire è talmente esagerato che il suo considerevole seno quasi straripa dai corpini scollati, tanto che quando un uomo entra in una stanza non può che fissare tutta quella magnificenza messa in mostra per la sua ammirazione. Se non fosse mia nonna, penserei che sia una donnaccia, ma penso che sia più vanità che lussuria.

Quindi, questo incidente di cui devo ancora parlarvi è successo quando uno dei suoi ammiratori è venuto a trovarla mentre stavamo prendendo il tè e i biscotti. Voi bevete il tè, Monsieur le Duc? A me non piace per niente! Ha il sapore che credo avrebbe l'acqua dei piatti! In effetti non ha sapore eppure qui lo bevono nei migliori salotti. Lady Paget mi dice che gli inglesi non ne hanno mai abbastanza e che è talmente costoso che le foglie nere vengono tenute rinchiuse in barattoli d'argento, sottochiave. Riuscite a crederlo? Vivessi fino a cent'anni, non credo che potrei abituarmi a bere questa insipida bevanda importata dalla Cina.

Ah, l'incidente. Mi dispiace di aver aspettato tanto a parlarvene, ma ho talmente tanto da dirvi che tutto scorre dalla punta della mia penna senza un ordine preciso, perché non voglio dimenticare nemmeno un particolare dei miei primi giorni qui a Londra.

Seduta a prendere il tè e i biscotti con mia nonna e Lady Paget, siamo state interrotte da un gentiluomo che indossava il paio di calzoni più assurdo che abbia mai visto. E non è dir poco, visti alcuni degli *ensemble* indossati nelle sale di Versailles! Questo gentiluomo si chiama Percy Harcourt ed è un cugino di Vallentine, anche se non gli somiglia per niente. Monseigneur, dovete credermi quando vi dico che aveva i calzoni maculati! Sì! Maculati!

A macchie nere. Il tessuto era un velluto lavorato in modo da sembrare la pelle di un leopardo. Un leopardo, vi dico! E con questi calzoni maculati indossava calze giallo vivo e scarpe nere. Anche la redingote era gialla con l'allacciatura nera, quindi tutto l'insieme mi ricordava una creatura mitica—metà uomo e metà bestia! Non riuscivo a smettere di fissarlo! Harcourt pensava che fosse perché il suo abbigliamento mi aveva impressionato. Mi ha anche confidato che quei calzoni erano di gran moda a Napoli. Io non sapevo che cosa dire. Ma non c'era bisogno che dicessi niente perché chiacchierava talmente tanto che pensavo avesse dimenticato di respirare e che sarebbe svenuto presto per mancanza d'aria!

Ovviamente anche lui mi fissava, come se avessi due teste, e poi guardava mia nonna e poi ancora me, quindi penso che non si sia accorto della mia maleducazione. Ho fatto del mio meglio per controllare la risata che avevo in gola, nascondendo un sorriso dietro il ventaglio.

Ma non credo che mia nonna fosse tanto sconvolta dall'abbigliamento straordinario di Monsieur Harcourt, quanto dalla mancanza di attenzioni nei suoi confronti. Percy Harcourt ha passato la maggior parte del tempo con la sua tazza di tè, conversando con me, cosa che, a dire il vero, trovavo alquanto noiosa. Non solo perché insisteva a conversare in francese (e il suo francese è veramente pessimo) ma perché punteggiava quasi ogni frase con 'Straordinario!' e 'In fede mia!' e 'Sono senza parole!', cosa ovviamente non vera perché continuava a parlare.

Alla fine, mia nonna era così esasperata da lui che ha spinto da parte la sua tazza e il piattino con tanta violenza da farli scivolare sul vassoio laccato e superare il bordo del tavolo, finendo sul pavimento. A quel punto mia nonna è saltata in piedi, esclamando: "Guarda che cosa mi hai fatto fare!". Ma non rivolta al signor Harcourt, ma a me! Perché?

Ero talmente sbalordita, come tutti gli altri nella stanza, che ho preso la scusa di un mal di testa, che non ho mai, e mi sono ritirata nel mio appartamento, giusto per avere un momento di pace e lasciarle il tempo di riprendere il contegno. Lady Paget ha grattato alla mia porta per vedere se stessi bene, ma ho detto a Gabrielle di dirle che dormivo. Una bugia. Ma veramente non volevo avere compagnia in quel momento.

Dopo tutto quello che avevo passato, e l'ansia di incontrare mia nonna, e finalmente conoscerla, la mia delusione era tanta che mi sono chiesta se avessi fatto bene a venire da lei. Forse sarebbe stato meglio restare con Maria e tornare con lei a Venezia. Ma sono i primi giorni, quindi sono portata a permettere a mia nonna di superare la sorpresa e la scomodità di avermi intorno.

L'unica cosa buona che deriva da questa situazione è che sono molto lontana dal Comte de Salvan e dalla petulanza di D'Ambert. Domani conoscerò mio zio Theophilus e prego che non assomigli per niente a mia nonna. Vi farò sapere come andrà questo incontro in una prossima lettera. Questa la concluderò qui, dato che Martin ha promesso di portarla con sé rientrando a Parigi tra due giorni. Mi mancherà la sua compagnia. Come possiate fare senza di lui, entrambi pensiamo che non sia per niente facile. Per favore non ditegli che ve l'ho detto. Ne sarebbe mortificato. È un uomo molto discreto e leale e vi è molto devoto.

Spero che mi farete il favore di rispondere a questa lettera, perché possa sapere che state bene. Portate i miei cari saluti a Madame e a Vallentine. Scriverò anche a loro, spero prima della partenza di Martin, in modo che possa consegnare anche quelle lettere.

Con amore,
Antonia

Nobile Satiro
Lettera 4

Estée, Madame de Montbrail, Hôtel Roxton, Rue St. Honoré, Parigi, a Mme de Chavigny, Hôtel de Créquy-Gravier, Saint-Germain-en-Laye.

Hôtel Roxton, Rue St. Honoré,
Novembre, 1745

Cara Tante Victoire, spero che riusciate a camminare meglio rispetto all'ultima volta che sono stata a trovarvi, usando il bastone che vi ho mandato. Visto che ha un bel manico di porcellana rosa ed è ricavato dal miglior nodo di quercia, spero che lo consideriate un accessorio e non come qualcosa di necessario a causa dell'età o della malattia. Mi dicono che questi bastoni da passeggio stanno diventando di moda nei migliori salotti e che le giovani signore lo portano come se fosse un ventaglio, quindi dovete usarlo anche voi e far vedere che siete al passo coi tempi!

François sta bene? E Hubert? Come stanno i vostri uccellini, ora che il tempo è freddo? Avete spostato le gabbie più vicino alle finestre nella serra perché possano ricevere un po' di calore durante il giorno? So che eravate preoccupata per una grondaia, su nella torretta, che stava gocciolando acqua proprio dentro la serra e sui tappeti turchi sotto le gabbie. Spero che non sia più un problema.

Prima che dimentichi, ho accluso la medicina di cui vi avevo parlato, la polvere, da Londra. Si chiama polvere di James e sembra che faccia meraviglie, che curi tutto, dalla gotta al comune raffreddore. L'ha raccomandata Lord Vallentine e ne ha fatto spedire qui un po'. Sembra che a Londra la usino tutti. Sua signoria ne parla benissimo, dice che gli fa passare il mal di testa ed è sicuro che vi aiuterebbe a far passare il dolore che sentite ancora al vostro povero piede. Perfino Roxton è d'accordo che questa polvere potrebbe aiutarvi. Quindi, per favore, Tante, mettete da parte le vostre sciocche idee sugli inglesi, per questa volta, e prendete la polvere per almeno una settimana, come scritto sul pacchetto. Non potete lamentarvi degli inglesi a meno che perlomeno tentiate i loro rimedi, e poi, se non funzionano, potrete sicuramente lamentarvi.

Tante, sono preoccupata per Roxton. Mio fratello non lo dice, e non ha dimostrato i suoi sentimenti o i suoi pensieri, ma so che non è più lui. Vallentine è d'accordo con me. Sono le piccole cose che noto e che lui pensa che io non veda. La sua distrazione. La maggior parte delle notti, passa ore a camminare nel boschetto di castagni, con i suoi cani. Lo so perché i servitori sono alzati e accendono per lui i *flambeau* perché possa camminare come se fosse giorno! La quantità di cera che consuma è impressionante. Ma, dato che per lui è solo un'inezia, perché dovrei preoccuparmene? Non è la spesa, ma il suo incessante camminare di notte, fuori al freddo e qualche volta per oltre un'ora.

Se riuscite a crederci, ora evita la biblioteca, il suo posto preferito in tutta la casa! Sì, è vero, vi dico. Quando ci va, dice Vallentine, non si siede nella sua poltrona preferita, ma prende quella davanti, come se la sua poltrona preferita fosse in qualche modo già occupata! È strano e allarmante. E ha cominciato a sedersi in salotto con il suo libro. È una cosa sconcertante per noi, che non abbiamo mai goduto della sua compagnia quando ha il naso dentro un libro! Vallentine ha cercato di farlo riprendere suggerendogli di giocare a backgammon, ma Roxton ha rifiutato, adducendo qualche debole scusa di voler andare a letto presto! Dovete credermi! È tutto vero. Sono quasi caduta dalla sedia sentendo questa scusa. Sono sicura che siate sbalordita anche voi quanto me. Mio fratello a letto prima di mezzanotte? Incredibile!

Temo veramente non solo per la sua salute fisica, ma anche per quella mentale. Pensavo fosse malato e volevo chiamare il medico, ma Vallentine, lui, mi ha detto che un medico non può curare quello che non va in mio fratello. Con mio grande dispiacere e allarme credo abbia ragione. C'è solo una cura, e mi fa male al cuore pensare che sono stata io quella contraria a quell'unione. Che forse, se avessi approvato, o ce l'avessi messa tutta per cercare di persuadere nostro cugino Salvan a rinunciare alla sua ridicola idea di voler far sposare Antonia a suo figlio, ci sarebbe stata qualche speranza di avere un risultato diverso.

La presenza di Antonia manca a me quanto a mio fratello, temo, perché le stanze di questa grande casa ora non sono più piene delle sue risate, del suo chiacchiericcio, delle sue canzonature nei confronti di Vallentine, che ci facevano ridere tutti, anche il mio promesso sposo. C'era una leggerezza in tutta la casa, come se fosse sempre primavera, quando in effetti era autunno, eppure, noi che eravamo in sua compagnia non ce ne accorgevamo. Ora tutto è cupo e freddo come i più cupi giorni invernali, dentro e fuori casa.

Perché ci vogliono la separazione e la tristezza per sollevare la benda e vedere quello che avrebbe dovuto essere chiaro fin dall'inizio? Non sto parlando solo della sua presenza ma del fatto che, prima che lei arrivasse in mezzo a noi, stavamo solo esistendo, giorno per giorno, ma certamente non stavamo vivendo. È la verità. Specialmente per mio fratello, il cui atteggiamento tanto inglese e flemmatico non mi aveva mai preoccupato in passato. Eppure adesso vedo che preoccupa anche lui, perché non è più indifferente alla vita, non è più disinteressato e annoiato. Antonia gli ha aperto gli occhi ad altre possibilità, e ora, tragicamente, non può più chiuderli e fingere di non vedere il mondo come lei. Ma senza di lei qui in mezzo a noi, per tenere alto il nostro morale, per prenderci in giro e stimolarci, mio fratello è affondato in un mare di tetraggine, e, oh, Tante, sta annegando!

Vi dico quello che non ho detto a nessuno, eccetto al mio confessore; non vedo l'ora di sposare Vallentine e partire per gli stati italiani per la nostra luna di miele, se non altro per sfuggire all'orbita deprimente di mio fratello. Passare più tempo del necessario in sua compagnia significa assorbire la sua enorme tristezza, e non riesco più a sopportarlo. È egoista da parte mia, ma non ce la faccio, e Lucian è d'accordo con me.

Perché, oh, perché non ho insistito che Antonia restasse con noi fin dopo la cerimonia nuziale? Allora almeno questo periodo sarebbe stato felice e non avrei la sensazione bruciante di sentirmi in colpa, mista alla rabbia, verso Salvan, perché ci costringe tutti a questo tormento, e verso mio fratello, per essersi innamorato di questa ragazza, fra tutte le donne che hanno attraversato il suo cammino! Perché doveva essere una donna promessa a un altro? Perché dev'essere innamorata anche lei di mio fratello? Non è giusto per loro ma non è giusto nemmeno per Lucian e me, quando voglio che tutti siano felici per noi!

Per favore, pregate per noi e per la mia anima, perché sono sicura che il mio egocentrismo mi ha macchiato agli occhi di Dio e anche questo è colpa mia!

Roxton vi invia i suoi saluti, e anche il mio caro promesso sposo.

La vostra affezionata nipote,
Estée

Nobile Satiro
Lettera 5

Mlle Moran, Hanover Square, Westminster, Inghilterra, a Monsieur le Duc de Roxton, Hôtel Roxton, Rue St. Honoré, Parigi, Francia.

Hanover Square, Westminster, Inghilterra
Gennaio, 1746

Joyeux Noël et bonne année, Monseigneur!

I festeggiamenti per l'Epifania sono appena finiti ma non riuscivo a dormire, quindi ho deciso di scrivervi e parlarvene.

Voi, ne sono sicura, sapete quanto sia ridicola questa stagione in Inghilterra, anche se sono sicura che non abbiate mai partecipato ma siate rimasto seduto, distante, a osservare attraverso l'occhialino con quell'espressione per metà incredula e per metà sprezzante, che irrita tanto gli altri ma che a me mette solo allegria e voglia di ridere! Perché so che, dentro di voi, siete scosso dalle risate, nel vedere che cosa fa la gente con la scusa che tutti sono sciocchi in queste occasioni, specialmente all'Epifania.

Ho deciso che un giorno Vallentine giocherà con me al 'pudding con la pallottola'. Conoscete questo particolare gioco natalizio? Forse lo avete giocato da ragazzo? No! Anche allora, penso, vi sareste astenuto ma vi sareste divertito a osservare gli altri rendersi ridicoli; non dubito che Vallentine fosse una delle vostre sfortunate vittime. Ma so che non c'è cattiveria in voi, e che Vallentine si sarebbe divertito.

Lasciate che ve lo descriva. Vi divertirà sentire com'è sciocco, in particolare quando vi dirò chi partecipava alla bisboccia, in casa della nonna. Sì, è proprio vero, abbiamo giocato nel suo salotto. Ho insistito io, perché come potrò diventare una vera donna inglese se non conosco le tradizioni inglesi? Quindi ne ho discusso con Theo, che ne ha discusso con la nonna, sostenuto da Lady Paget, la signorina Harcourt e suo fratello Percy. Alla fine, la nonna si è arresa, dicendo che potevamo fare quello che volevamo. Vedo che state sorridendo a tutto il mio manipolare. Ma era per il bene di tutti, ve lo assicuro. Già, perché non dovremmo tutti partecipare ai divertimenti in una simile occasione? Anche se non parteciperete, non impedireste mai a un altro di giocare.

Allora, questo gioco del 'pudding col la pallottola', lasciate che ve lo descriva.

Prima di tutto, quello che serve per il gioco è: una certa quantità di farina, un grande vassoio d'argento e una pallottola. Strane cose da mettere insieme. *Incroyable*, no? Si deve mettere il vassoio in mezzo al tavolo e poi si versa una bella quantità di farina, sagomandola a forma di montagna ripida, quasi come un vulcano. Ci vuole abilità nel dare forma alla farina e si deve compattarla fortemente sui lati perché la farina non scivoli e i lati non crollino, ma rimangano a forma di vulcano. In cima al vulcano si deposita con molta attenzione la pallottola, in modo tale che non affondi immediatamente. Questa piccola palla rotonda di piombo deve rimanere in cima finché comincia il gioco. Il posizionamento di questa pallottola richiede una mano ferma, in modo che non cada immediatamente sul vassoio attraverso la farina e si perda, facendo finire il gioco prima che cominci!

Theo è quello con la mano più ferma, quindi è toccato a lui

mettere la pallottola in cima senza disturbare la piramide di farina. Ha fatto con calma ed è stato molto attento e lento. Ma era troppo lento per la nonna, che non la smetteva di lamentarsi che ci stava mettendo troppo e che forse sarebbe stato meglio scegliere uno dei servitori per posizionare la pallottola. Non so come abbia fatto Theo a mantenere la calma, ma ci è riuscito. Immagino sia stato perché c'erano parecchie persone intorno al tavolo che aspettavano con piacere di giocare.

Allora, la pallottola è stata sistemata e poi è cominciato il divertimento. A tutti i giocatori viene consegnato un coltello da burro. Poi, a turno, i giocatori inseriscono con molta cautela il coltello nella montagna di farina e poi devono toglierlo altrettanto attentamente, in modo da non disturbare la farina e quindi la pallottola messa in cima. Una volta che tutti abbiano avuto il loro turno, si ricomincia da capo. Ovviamente siamo diventati tutti impazienti e questo ci ha fatto sbagliare. Ridevamo tutti degli altri mentre la farina cominciava a calare e la pallottola ad affondare.

E volete sapere che cosa succede quando la pallottola sparisce dentro la farina? Si abbandonano i coltelli e si fa a turno ad affondare il naso e il mento nella farina per trovare la pallottola. È proibito usare le mani. L'unico modo consentito per estrarre la pallottola è usare la bocca.

Ovviamente a questo punto erano pochi quelli che stavano ancora giocando. Charlotte, ovviamente, e lady Paget, non volevano affondare la faccia nella farina. Nemmeno Theo aveva molta voglia di farlo ma gli ho detto che sarei stata più che irritata con lui se non si fosse unito al gioco. Dopo tutto, se il signor Harcourt era tanto coraggioso da ficcare la faccia nella farina per trovare la pallottola, e anch'io, perché non Theo? Quindi, siamo rimasti solo noi tre, con gli altri che si erano ritirati e ci guardavano stupiti, perché, Monseigneur, ero decisa come tutti a trovare quella pallottola, nonostante la farina in faccia o sul vestito!

Ma lasciate che vi dica che le risate e la farina non sono una bella combinazione! Mi stavo divertendo tanto che non riuscivo a smettere di ridacchiare, vedendo Monsieur Harcourt e Theo con la faccia coperta di farina: si vedevano solo gli occhi! Mi sono resa conto che anch'io dovevo presentare lo stesso spettacolo a loro, perché stavamo ridendo tanto forte che soffiavamo la farina su tutto il tavolo! E il povero Monsieur Harcourt è finito con l'avere un attacco di tosse e sternuti perché aveva inalato un po' di farina e gli era finita nel naso, e gli occhi non la smettevano di lacrimare. La faccia gli si è quasi subito ricoperta, non di farina, ma di uno strano intruglio, quando le lacrime si sono mischiate alla farina, facendola rapprendere. Era una visione orribile e, poiché era orribile, Theo e io ci siamo messi a ridere ancora più forte. E non riuscivamo a interrompere quel ciclo di ridarella.

Ovviamente, la nonna non era contenta di vedere il gioco diventare così ridicolo e ha cercato di interromperlo, quando, proprio in quel momento, Theo ha sollevato la testa dalla farina con uno scatto, e lì, tra i denti ghignanti, c'era la pallottola!

Hanno applaudito tutti fragorosamente, sospetto con sollievo, ma la maggior parte delle risate era indirizzata alla nonna, perché si era avvicinata per porre fine alle nostre sciocchezze proprio nel momento in cui Theo sollevava la testa e, buttando fuori l'aria, la farina che aveva in faccia era volata dappertutto in una grande nuvola bianca, e aveva coperto la nonna da capo a piedi!

Quindi, vedete perché Vallentine dovrà giocare al 'pudding con pallottola' con me.

Vi parlerò di un altro gioco prima di concludere questa lettera e cercare di dormire, perché ora è veramente tardi e la mia candela si spegnerà presto. Potrei accenderne un'altra, ma la nonna ora fa contare le mie candele dalle cameriere, che poi glielo devono riferire, così da poter determinare per quanto ore rimango sveglia la notte, quando dovrei dormire.

Mi piacerebbe pensare che lo faccia perché si preoccupa della mia salute, ma non sono così ingenua. Si preoccupa, è vero, ma solo che sia ancora sveglia di notte quando lei intrattiene uno dei suoi amanti, e che possa sentire gli andirivieni dalla sua stanza. Questi amanti, loro, non restano tutta la notte e quindi i servitori devono aspettare alzati per accompagnare alla porta questi leccapiedi (non una parola gentile, ma ho sentito Theo usarla riferendosi agli uomini che fanno visita a sua madre) quando è ora che se ne vadano. Una notte c'è stato un rumore molto forte sulla scala fuori dalla mia stanza e sono sicura che fosse uno di questi uomini che era inciampato, forse nei suoi stessi piedi, mentre usciva precipitosamente nella notte.

Ma ora non ne parlerò più, perché penso di aver già menzionato gli andirivieni notturni in una precedente lettera, e ripeterlo vi annoierebbe. Ma ciò che ripeterò riguardo a questi incontri carnali è che, anche se mia nonna e i suoi amanti ottengono una temporanea soddisfazione fisica, il suo cuore, ne sono certa, resta insoddisfatto, e la sua mente vuota. Non vedo ragione di soddisfarsi fisicamente senza impegnare il cuore e la mente in una simile piacevole attività. Solo così è possibile essere veramente soddisfatti. Questi uomini sono abbastanza giovani da poter essere suoi figli e sono sicura che non stiano per niente pensando con il loro cervello, e che i loro cuori vengano lasciati fuori dalla porta. Ma non posso negare che questi segreti appuntamenti notturni mi facciano sentire ancora di più la vostra mancanza, perché mi manca molto fare l'amore con voi. Ma questa sensazione è ancora più forte perché la mia mente e il cuore sono ancora più desolati senza di voi. Ciò che mi manca di più è restare sdraiata, stretta tra le vostre braccia nel vostro grande letto, semiaddormentata eppure quasi sveglia, con tutte le coperte e i cuscini intorno a noi e noi due rannicchiati, lontani dal mondo, lontani da tutto e tutti. Solo noi due.

Vedete, ho macchiato l'inchiostro con una lacrima e penserete che sono una bambina, così sentimentale, ma non posso farci niente. È così che sono ed è così che mi sento.

Adesso ho asciugato le lacrime e continuerò ancora per un po', e poi dormirò. Forse domani mi sveglierò e scoprirò che c'è una vostra lettera ad aspettarmi.

Allora, questo è un altro dei giochi che abbiamo fatto stasera, dopo esserci ripuliti dalla farina, anche se senza molto successo, perché Theo e io ridevamo ancora, guardandoci in faccia, un'ora dopo. Penso che stessimo sorridendoci, perché la nonna ha chiesto di sapere di che cosa stessimo ridendo in privato e non è bastato dirle che non era niente. Pensava stessimo nascondendole qualcosa!

Quest'altro gioco natalizio richiede una ciotola di brandy, un po' d'uvetta e di mandorle, e una fiamma per accendere l'alcool. Si mettono prima l'uvetta e le mandorle nella ciotola, poi si versa il brandy, solo la quantità sufficiente per coprirle. Poi si dà fuoco al brandy! Sì. Così c'è una fiamma azzurra e la ciotola splende! Quello che fa mancare il fiato e fermare il cuore è che i giocatori poi devono immergere le dita tra le fiamme per raccogliere quanti più frutti e mandorle riescano prima di bruciarsi. Si gioca a turno e a seconda di quante mandorle e uvette vengono pescati a ogni turno, se ne aggiungono altre, e anche il brandy, che poi viene riacceso.

Vi assicuro che nessuno di noi si è bruciato le dita. E gli uomini con il pizzo ai polsi lo hanno tolto o inserito nella manica per non fargli prendere fuoco, dato che, a quanto pare, è successo a un ospite durante un altro ricevimento, gli si era incendiato il pizzo e lui è corso in giro per la stanza urlando. Theo dice che non si era nemmeno bruciato tanto, ma era per la sorpresa.

Io sono riuscita a pescare cinque mandorle e due uvette. Ma stavo ridendo e questo non mi ha aiutato. Il divertimento maggiore è guardare le facce degli altri quando immergono le dita nella fiamma, dapprima inorriditi e pietrificati, poi, quando non vengono istantaneamente bruciati, si rilassano un po', che è la cosa sbagliata da fare, perché diventano compiaciuti ed è allora che la fiamma brucia, se ci si attarda.

Adesso devo andare, perché ho veramente sonno. Nella lettera di domani vi racconterò tutto del vischio che si appende e di come, se ci si passa sotto, è obbligatorio baciare la persona che è accanto a voi (se è del sesso opposto). Ho deciso che quando un giorno avremo una casa insieme e sarà Natale, ordinerò ai servitori di appendere il vischio sopra ogni porta, per avere l'opportunità di baciarci quando passeremo da una stanza all'altra. Non preoccupatevi, mi accerterò di non attardarmi sotto le porte questo Natale...

Mi manca tanto la vostra compagnia e ancora di più, se possibile, in questo periodo dell'anno con tutta la famiglia raccolta intorno che si diverte immensamente. Non mi sembra giusto farlo senza di voi qui con noi.

Con tutto il mio amore,
Antonia

Nobile Satiro
Lettera 6

Mlle Moran, Hanover Square, Westminster, Inghilterra, alla signora Maria Giovanna Casparti, Fitzstuart, Il Palazzo, San Marco, Venezia.

[*Tradotta dall'italiano.*]

Hanover Square, Westminster, England
Febbraio, 1746

Gentile signora, per favore scusatemi se non vi scrivo una lettera dettagliata riguardo al mio soggiorno qui, o perché questa non risponde alle molte domande che mi avete fatto. So che meritate le risposte. Ma nelle mie attuali condizioni non riesco a pensare a nient'altro che alla mia difficile situazione, che, quando ve l'avrò confessata, vi farà pensare che io sia veramente cattiva. Ma vi prego, carissima Maria, di perdonarmi questo e anche molto altro.

Perché questi orribili scarabocchi? Perché ho il cuore a pezzi. Ho dormito poco, quindi vi prego di scusare la grafia e il pessimo italiano. Oh, come vorrei che fosse tutto quello che dovete perdonarmi! È l'ultima delle mie preoccupazioni.

Maria, ieri sera sono andata a teatro e chi ho visto durante l'intervallo, se non Monsieur le Duc de Roxton?! Sì, vi dico, era Monseigneur, che era finalmente tornato a casa. E senza che nessuno mi avesse detto una parola per avvertirmi. Loro, Grandmère, Theo, Lady Paget e Charlotte, hanno cospirato tutti per tenermi nascosto il suo ritorno. Perché? Perché lo avrebbero fatto se non perché lui voleva tenermelo nascosto? Ma poi mi chiedo ancora perché, come me lo sono chiesta molte volte negli ultimi mesi, perché non ha mai risposto a nessuna delle mie lettere?

Oh, Maria, mi fanno tanto male la testa e il cuore. Non ho più lacrime da piangere ma non posso indurire il mio cuore. Ero così felice di vederlo che sono corsa da lui senza pensare dove fossimo o a chi c'era con noi, e gli ho detto senza riflettere quanto mi era mancato. Mi aspettavo almeno che mi salutasse e che fosse contento di vedermi. Ma non è stato così. Mi ha accusato, non con le parole, forse, ma ho visto l'espressione nei suoi occhi, di averlo messo in imbarazzo in un posto pubblico. Avrei dovuto ricordare che il nobile che il pubblico conosce è molto diverso dal gentiluomo che conosco io in privato.

Ovvio che Monsieur le Duc de Roxton fosse dispiaciuto di essere aggredito in quel modo in un posto pubblico, mentre, se fossimo stati nella sua camera, Renard mi avrebbe subito presa tra le sue braccia e mi avrebbe fatto volteggiare nella stanza, finché a entrambi fosse girata la testa e saremmo caduti tra i cuscini per evitare di crollare sul pavimento, continuando a ridere!

Cerco di convincermi che qualunque cosa succeda da ora in poi, avrò sempre il ricordo di quei meravigliosi sei giorni passati insieme, noi due da soli nei suoi appartamenti. Vi ho già detto in una lettera precedente di come mi sono data a Monsieur le Duc e ancora non ho rimpianti. Nemmeno uno. Nemmeno questa mattina, mentre scrivo questa lettera con gli occhi rossi e gonfi di pianto e senza sapere ancora se veramente mi ama quanto lo amo io.

Ma prima che continui, per favore, dovete credermi quando vi dico che non è stato lui a sedurmi. Ricordo che era una delle vostre domande. Ho veramente orchestrato la mia stessa seduzione? Vi dico enfaticamente che è così! Lui non sarebbe mai entrato nel mio appartamento. Ma io sono entrata nel suo, di notte, in sottoveste, e con i capelli sciolti sulla schiena… come poteva resistermi? Ah! Ecco, scriverlo in questo modo mi fa sorridere della mia perfidia, e mi sento un po' meglio. Immaginate me, una piccola stupida, ignorante di tutto, sedurre il più grande *roué* di tutta Parigi. Immagino anche che ora che Monsieur le Duc ha avuto il tempo di rifletterci, sia stupito di scoprire il rovesciamento dei nostri ruoli nel gioco della seduzione. Perché certamente un grande libertino dovrebbe essere il seduttore, non la piccola *ingénue*. Forse la sua arroganza non gli permette di accettare questa semplice verità ed è per questo che ieri sera mi ha trattato con il freddo disprezzo che solitamente riserva agli altri?

Ma a me non importa chi ha dato inizio alla nostra relazione. Tutto ciò che mi interessa è che sia successo. Ma non incolpo lui o me, e non cambierei un solo minuto di quel tempo. Anche ora, ora che la mia vita sta per cambiare nel modo più sbalorditivo.

Mia carissima Maria, quando pensate che non possa sorprendervi ancora, lo farò, lo so, quando vi dirò che sono quasi certa, anche se vorrei negarlo, di essere *enceinte*.

Non l'ho detto a nessuno, anche se sospetto che la mia cameriera, Gabrielle, lo sappia. Ma certo che deve saperlo! Senza dubbio penserete che sia ancora più sciocca per aver permesso che succedesse. Ma come potevo evitarlo? Come avrei potuto prevedere un risultato simile? Ora penserete che io sia ancora più pazza. Ma, a essere sincera, l'ultima cosa che avevo in mente, facendo l'amore, era la possibilità di restare incinta! Ma ora quella possibilità è quasi una certezza e non mi dispiace per niente.

Se la mia condizione farà qualcosa, sarà porre fine ai piani del

Comte de Salvan di farmi sposare Etienne. Anche se ritengo che mia nonna sarebbe capace di sfruttare la mia condizione per farmi sposare ancora più in fretta con il *Vicomte*. Ecco perché devo andarmene da qui prima che la mia condizione diventi evidente. E perché non voglio essere un peso o un imbarazzo per la mia famiglia o per Monsieur le Duc, soprattutto se non ricambia veramente i miei sentimenti.

Ecco perché spero che sarete d'accordo che venga da voi, perché possa avere il mio bambino a Venezia.

Mi accetterete, carissima Maria? Non riesco a pensare a nessun altro che possa capire la mia situazione, che possa avere cura di me e, quando arriverà il momento, avere cura anche del mio bambino. Perché intendo tenerlo, non darlo via come ho sentito che succede ai bambini nati fuori dal vincolo matrimoniale da femmine di buona famiglia. Perché dovrei rinunciare a un figlio mio, che è la mia carne e che è stato concepito con amore?; di questo sono certa! Ho i mezzi per dargli una bella vita, anche se senza un padre, quindi non soffrirà mai per mancanza di amore e di comodità, anche se le sue opportunità saranno limitate dalla sua mancanza di un titolo…

Oh, Maria, sono così triste. Non posso fare a meno di amarlo, e di amare questo bambino non ancora nato. So che mi riterrete una piccola sciocca, ma immagino che quando si ama profondamente, la disperazione, se arriva, sia altrettanto profonda. Dubito che il mio cuore si riprenderà. Anche se, per il bene di questa nuova vita, sono decisa a non crogiolarmi nell'autocompatimento. Ogni scelta ha una conseguenza di qualche tipo, quindi devo accettarla e fare del mio meglio.

Ora non devo più scrivere nemmeno un'altra parola. Gabrielle è già venuta due volte a cercarmi, poiché sta per arrivare Charlotte per portarmi a casa di suo fratello. Spedirò questa lettera da quella casa, non da questa, perché sospetto che qui leggano le mie lettere, o almeno è quello che sospetta Gabrielle. Non lo so per certo. Spero di ricevere la vostra risposta entro questo mese. Nel frattempo, farò i piani per la mia partenza.

Amore e baci,
Antonia

Nobile Satiro
Lettera 7

Renard, duca di Roxton, ad Antonia, duchessa di Roxton.

[*Lasciata sul tavolino da toilette di Antonia la mattina dopo la prima notte di nozze.*]

Antonia, vi amo. Due semplici parole, eppure mai da me pronunciate o scritte ad altra anima viva, solo a voi. Non amerò mai nessun'altra come amo voi. Non adorerò mai nessun'altra come adoro voi. Amerò sempre solo voi.

Questo è il giorno più felice della mia vita. Perché è il primo giorno del resto della mia vita, con voi. Non ieri quando ci siamo sposati, con i testimoni presenti, davanti al parroco, mentre ripetevamo ciò che altri hanno fatto prima di noi e faranno dopo di noi. Io nervoso, e voi serena e decisa. Non vedevo l'ora che la cerimonia finisse e che i nostri ospiti se ne andassero. Ieri era ancora il momento dell'avvicinamento, ma oggi, adesso, qui, solo noi due, oggi sono vostro marito e voi siete mia moglie. Mi lascia ancora incredulo e stordito scrivere queste parole perché avevo veramente creduto che non mi sarei mai sposato. E poi nella mia vita siete entrata voi, o dovrei dire, siete entrata danzando, in un turbine di sete e sorrisi…

State dormendo pacificamente nel nostro letto, mentre io non riesco a dormire. Temo che se mi addormentassi, al risveglio scoprirei che ve ne siete andata, scoprirei di essere solo. Sono sicuro che questa paura svanirà poco per volta con ogni notte che passeremo insieme, da marito e moglie, finché una notte mi addormenterò con voi tra le braccia e mi sveglierò con voi ancora rannicchiata nel mio abbraccio, e penserò che sia la cosa più naturale al mondo. Ma non crediate nemmeno per un momento che darò per scontati voi o il nostro matrimonio. È una cosa preziosa, quindi prometto di coltivare questa nostra unione per il resto dei miei giorni.

Mi avete detto che, una volta condiviso il mio letto, avete scoperto che non riuscivate più a dormire senza di me. Io non posso più vivere senza di voi. Perché con voi sono veramente chi dovevo essere. Mi chiedo ora se camminavo su questa terra come un morto, o come uno spettro, con la vista, l'udito e il tatto, ma senza la capacità di provare sentimenti. È come se avessi vissuto senza *vivere*. Quando sono diventato così? Come ho potuto attraversare le sale dei re in quello stato di paralisi? Mangiare senza gustare, guardare senza vedere, toccare senza sentire. E per tutto il tempo con un cuore sdegnoso, un'anima sprecata. Fino a voi.

Ho sempre considerato il mio titolo come un peso da sopportare, e nel modo più arrogante possibile. So bene di godere di un posto preminente in questo mondo, e confesso di essere presuntuoso e vanitoso. Ho spesso preso senza un pensiero per le conseguenze per gli altri e senza dare nulla in cambio. Sono per mia natura cauto e riservato. E tutto questo voi lo sapete e lo accettate, e non avete mai provato soggezione. Né avete mai dubitato del mio diritto di essere come sono. Voi mi amate incondizionatamente e anche solo per questo sono benedetto. Voi mi avete fatto un dono meraviglioso.

Siete sempre stata pronta a vedere il buono negli altri, prima di tutto, e volete solo il meglio per loro. Mi meraviglia come proviate gioia nel vivere pienamente ogni giorno. Guardarvi, stare con voi, sperimentare la vita in vostra compagnia significa essere completi.

Solo per voi io mi sforzo di essere un uomo migliore, di vivere una vita migliore, di conoscere le sue gioie e i suoi piaceri, di non deludervi mai, e non sprecherò mai più un solo momento della vita che mi resta da vivere con voi.

A questa lettera allego alcuni versi, scusandomi con la poetessa del diciassettesimo secolo per le libertà che mi sono preso con la sua poesia.

Voi avete tutto il mio cuore, il mio corpo e la mia anima.

Eternamente vostro,
Renard

Il Poema di Renard ad Antonia

T'ho spesso evocato per farti apparire dal nulla
la giovinezza, l'amore, tutti i loro poteri,
t'ho cercata e cercata dovunque,
ne' boschetti silenziosi, sotto i pergolati solitari:
su' letti di fiori dove gli amanti desiderosi giacciono,
ne' boschi nascosti dove fanciulle sospiranti
s'affrettano dai loro amanti pastori
e nascondono i loro rossori nell'ombra.
Eppure lì, anche lì, anche se la giovinezza mi assaliva,
la bellezza giaceva prostrata e la fortuna mi chiamava,
il mio cuore, insensibile, non si inchinava a nessuna.

Allora t'ho cercata nelle Corti, la tua giusta sfera,
ma lì eri soffocata dalla folla,
e sol l'interesse comandava gli affari amorosi,
invitando gli amanti e le fanciulle.
Poi la tua forza ha permeato tutto,
quale dio o potere umano ti ha creato
nel mio finora non facile cuore?
Sì, sì, amore mio, or t'ho trovato.
E ho scoperto a chi appartieni,
sei tu che fai apparire i rossori
sei tu che fai tremare il mio cuore.

Io svengo, io muoio per il dolore che è piacere
le parole un intruso; i sospiri un'interruzione
quando tocco le tue forme divine,
quando ti guardo, quando ti parlo
il tuo fuoco cosciente si confonde con il mio amore,
come in un dimora santificata
per sempre…

Nobile Satiro
Lettera 8

Il cavaliere Frederick Moran, Moran Il Palazzo, San Marco, Venezia, alla molto onorevole contessa di Strathsay, Hanover Square, Westminster, Londra, Inghilterra.

Moran Il Palazzo, San Marco, Venezia
Febbraio, 1743

Madam,

Indubbiamente una lettera dal vostro estraniato genero, dopo un'assenza di comunicazioni di più di sei, anni deve arrivarvi come un fulmine a ciel sereno, inaspettato e non voluto. In effetti, vi ho scritto solo in altre due precedenti occasioni. Scelgo di non usare la parola 'corrispondere' perché non ho ricevuto nulla in risposta da voi. E non è certamente stata una sorpresa per me.

Quindi non mi aspetto una risposta a questa lettera. Presumerò semplicemente che l'abbiate ricevuta e che, come avrete probabilmente fatto con le mie precedenti lettere, consegnerete al fuoco del camino le mie parole. Comunque, non ho dubbi che leggerete questa missiva. Come potreste non farlo? Siete una femmina superficiale, quindi leggete tutte le lettere, qualunque cosa proviate per il corrispondente, spinta solo dalla curiosità.

Potrete gettare le mie lettere nel fuoco, ma avrete le mie parole sulla coscienza per sempre. Di questo non ho il minimo dubbio.

Ma lasciate che soddisfi la vostra curiosità riguardo al motivo per cui il marito di vostra figlia e padre della vostra unica nipote si sia preso la briga di sprecare inchiostro per scrivervi; scrivere a voi, signora, che non siete riuscita ad offrire un grammo di affetto materno o amore a vostra figlia o alla mia.

Vi scrivo per dovere di cortesia, niente di più. Perché, anche se voi non avete la decenza di riconoscere la vostra stessa carne e sangue, l'onore impedisce a me di scendere tanto in basso.

So da fonti certe che vostro figlio è una persona decente, quindi sembra che i vostri due figli abbiano ricevuto il senso dell'onore e la profondità di sentimenti dal loro padre. Se non fosse che mia moglie aveva la vostra criniera fiammeggiante, e che mia figlia ha ereditato la vostra stessa eccezionale bellezza fisica, dubiterei che abbiate veramente messo al mondi dei figli attraverso il vostro canale del parto e non attraverso uno scaldaletto!

Vi scrissi nella gioiosa occasione della nascita della nostra prima e unica figlia, Antonia Diane. Era così desiderata e attendevamo la sua nascita con tanta gioia. Antonia non ci ha mai deluso. È una benedizione ed è stata una gioia fin dal momento del suo primo vagito. E ciò che ha ereditato in bellezza, non è che un decimo della sua intelligenza, curiosità e compassione. Chiamatemi eccentrico, ma ho sempre denunciato la stupidità di non permettere a un'intelligenza superiore di raggiungere il suo pieno potenziale con gli studi universitari, a prescindere dalle condizioni famigliari o dal genere. Antonia sarebbe stata una studiosa eccellente e senza dubbio avrebbe seguito le orme di suo padre diventando un medico, se le fosse stato permesso di realizzarsi intellettualmente. L'ho istruita come meglio potevo e ho assunto dei tutori come se fosse effettivamente il mio erede maschio, Antonia ha superato le mie aspettative. Lei parla, legge e scrive in latino, greco, francese e italiano, e ovviamente in inglese. È una lettrice vorace e curiosa. E tutto questo a soli quindici anni! Avrei voluto che mi fosse stato concesso più tempo su questa terra per conoscerla come donna. Ma sto divagando, e so che a voi non interessa.

Signora, avete mai offerto una volta un grammo di lode o di benvenuto per la nascita di vostra nipote? Vi siete mai interessata alla salute della vostra unica figlia dopo un lungo e tedioso travaglio? Non avete sprecato una sola goccia d'inchiostro, creatura senza cuore!

L'unica altra volta in cui avete avuto il privilegio di vedere la mia scrittura è stato quando avete saputo della morte di parto di vostra figlia. La mia dolce e cara Jane ha fatto del suo meglio per darmi un figlio maschio, ma lei e il bambino sono morti insieme. Non ho nemmeno avuto la consolazione di tenere tra le braccia il mio bambino morto. Ho pianto per entrambi, ma più amaramente e a lungo per la prematura scomparsa dell'amore della mia vita alla tenera età di soli ventidue anni. Mi manca ogni giorno da quando è morta. E mia figlia è cresciuta senza il beneficio dell'amore e della devozione di una madre. Avrete visto le mie lacrime mischiate all'inchiostro nella lettera in cui vi informavo della sua morte, e non avete trovato in voi una parola di consolazione, non un grammo di compassione, di comprensione e dolore condiviso.

Quindi, perché sto cercando di scuotere la vostra coscienza in questa occasione? Perché, signora, io sto morendo. Non voglio e non chiedo la vostra simpatia. Sto soffrendo, eppure non temo la morte. La morte mi libererà dai sentimenti terreni e mi riunirà a mia moglie e a mio figlio. Ma resisterò con tutte le mie forze finché sarò certo che il futuro di mia figlia sia al sicuro. Antonia resterà orfana, e sono sicuro che succederà prima del suo sedicesimo compleanno. Resterà sola al mondo, eccetto suo nonno, il vostro estraniato marito, voi e vostro figlio, suo zio.

Per Antonia voi siete degli estranei e, poiché voi siete priva di sentimenti materni, signora, sarebbe meglio che assegnassi la sua tutela allo straccivendolo davanti alla nostra villa!

Anche se ho fiducia che suo nonno verrà in suo aiuto, è vecchio e fragile, e mi dicono anche che lascerà questo mondo prima di me. E quindi ho teso la mano a qualcuno che so che farà il suo dovere come capo della famiglia, la famiglia cui appartiene mia figlia, e che si incaricherà di essere l'esecutore delle mie ultime volontà. Parlo di Sua Grazia l'onorevolissimo duca di Roxton, vostro cugino.

E con il duca come esecutore, ho nominato vostro figlio, Theophilus Fitzstuart, secondo conte di Strathsay (perché erediterà presto il titolo), tutore legale di mia figlia fino al suo ventunesimo compleanno, quando lei erediterà la mia considerevole fortuna.

Vi chiederete perché vi stia confidando questi banali e, per voi, inutili dettagli. Perché vi proibisco di interferire nel futuro di mia figlia, in ogni modo. Non avete fatto nemmeno un tentativo di avere sue notizie durante la mia vita, quindi non cercate di insinuarvi nella sua vita una volta che me ne sarò andato. Vi conosco meglio di quanto pensiate; se pensaste che c'è un modo per usare mia figlia come arma contro il vostro estraniato marito, lo fareste.

Sappiatelo, ho scritto a sua signoria e ho dato a vostro marito tutto il mio sostegno, nel caso ci fosse una disputa riguardo alla tutela legale di mia figlia e alla sua eredità. Non dovrete intromettervi in nessuna circostanza.

La mia unica concessione nei vostri confronti, chiamatelo un regalo d'addio, è che non ho avvelenato la mente di mia figlia nei vostri confronti. Antonia ignora il vostro comportamento reprensibile e spero che continui a ignorarlo. L'ho fatto per il suo bene, non per il vostro, per permetterle di crescere credendo alla favola di avere dei nonni gentili e amorevoli e uno zio che le vuole bene, e che a tutti sta a cuore il suo benessere, anche se dalle lontane coste inglesi. Probabilmente state deridendo la mia stupidità, ma non crediate, signora: ho piena fiducia nell'intelligenza di mia figlia. Cinque minuti in vostra compagnia e si formerà senz'altro la sua opinione su di voi, e sarà identica alla mia! Antonia non è una sciocca. E farete bene a ricordarlo, nel caso la doveste incontrare.

So che non ci vedremo mai più. La mia coscienza e la mia vita sono senza macchie e quindi so che andrò in paradiso. Sono sicuro che la mia eternità e la vostra seguiranno cammini molto diversi.

Il genero di vostra signoria,
Chevalier Frederick Moran

[*Questa lettera supplementare viene inclusa qui, alla fine del primo capitolo delle lettere, e non inserita in ordine cronologico, perché non era tra la corrispondenza scoperta nella scala segreta a Treat, ma è sempre stata in possesso dei conti di Strathsay. È stata generosamente offerta per la copiatura e l'inclusione in questo volume da Lady Violet Fitzstuart, figlia maggiore dell'ottavo conte di Strathsay, e sorella dell'attuale (nono) conte. Dà un aiuto incommensurabile alla comprensione dei primi anni di Antonia Moran, prima del suo matrimonio con il quinto duca di Roxton, quando risiedeva a Venezia con suo padre lo stimato dottore e professore di medicina, il cavaliere Frederick Moran. Il cavaliere scrisse questa lettera appena prima di morire della sua ultima malattia, lasciando orfana la giovane figlia.*]

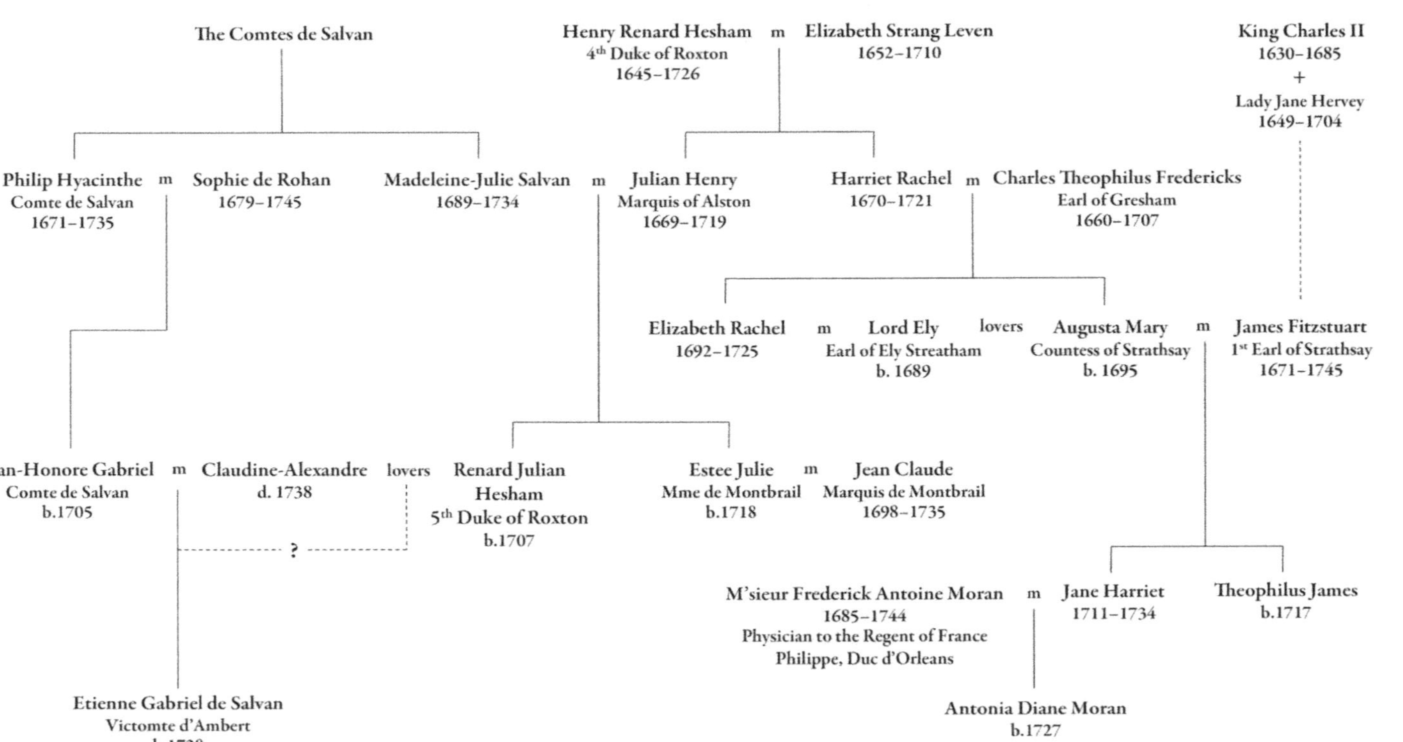
The Comtes de Salvan
Henry Renard Hesham m Elizabeth Strang Leven
4th Duke of Roxton
1645–1726
1652–1710
King Charles II
1630–1685
+
Lady Jane Hervey
1649–1704
Philip Hyacinthe m Sophie de Rohan
Comte de Salvan
1671–1735
1679–1745
Madeleine-Julie Salvan m Julian Henry
1689–1734
Marquis of Alston
1669–1719
Harriet Rachel m Charles Theophilus Fredericks
1670–1721
Earl of Gresham
1660–1707
Elizabeth Rachel m Lord Ely lovers Augusta Mary m James Fitzstuart
1692–1725
Earl of Ely Streatham
b. 1689
Countess of Strathsay
b. 1695
1st Earl of Strathsay
1671–1745
Jean-Honore Gabriel m Claudine-Alexandre lovers Renard Julian Hesham
Comte de Salvan
b.1705
d. 1738
5th Duke of Roxton
b.1707
Estee Julie m Jean Claude
Mme de Montbrail
b.1718
Marquis de Montbrail
1698–1735
?
M'sieur Frederick Antoine Moran m Jane Harriet
1685–1744
Physician to the Regent of France
Philippe, Duc d'Orleans
1711–1734
Theophilus James
b.1717
Etienne Gabriel de Salvan
Victomte d'Ambert
b.1728
Antonia Diane Moran
b.1727

LE LETTERE DI 'MATRIMONIO DI MEZZANOTTE'

Matrimonio di Mezzanotte
Lettera I

Estée, Lady Vallentine, Hesham House, Hanover Square, Londra, a Lucian, Lord Vallentine, Ffolkes Abbey, Ely, Essex.

Hesham House, Hanover Square, Londra
Agosto, 1761

Lucian, dovete tornare immediatamente a Londra! Abbiamo bisogno di voi, Roxton ha bisogno di voi. È successo qualcosa... qualcosa di terribilmente sconvolgente. Non riesco quasi nemmeno a scrivere. Sono tre ore che tremo e riesco solo ora a controllare il tremito delle mani e le lacrime, tanto da riuscire a intingere la penna nel calamaio e scribacchiare la pergamena senza lasciar cadere grosse macchie di inchiostro nero su tutta la pagina. In verità, questo è il mio terzo tentativo di scrivervi e, se non fosse per il corriere che sta aspettando in cortile, con il cavallo sellato, pronto a venire da voi in tutta fretta, rinuncerei al tentativo e mi getterei nuovamente sul letto.

Ma devo scrivervi, dirvi ciò che è successo, di modo che non vi preoccupiate durante il vostro viaggio di ritorno. Ma, cosa più importante, di modo che non vi precipitiate qui, sbattendo le porte e urlando, pretendendo ogni tipo di sciocchezza, non ultima quella che nostro figlio sia frustato per la sua partecipazione in un incidente che quasi supera la mia immaginazione, che ha lasciato me, la sua carissima mamma, senza parole e incapace di guardarlo senza scoppiare nuovamente in lacrime per la parte che ha avuto in questa malvagità.

Ovviamene so che sono solo ragazzi e che erano stupidamente ubriachi, e che lui e il suo amico Robert non hanno preso parte all'azione sconvolgente perpetrata ieri sera… Ma non hanno nemmeno fatto niente—*niente*—per fermarla, quindi mio fratello ha tutti i diritti di ritenerli ugualmente colpevoli. Quindi dovete venire e parlare con questi ragazzi per scoprire la verità. Sappiate che non è successo loro niente di male, ma che sono rinchiusi, agli arresti domiciliari (che vergogna!), pena una punizione se oseranno cercare di uscire di casa senza prima rendere conto delle loro azioni, e di ciò che hanno visto, a Monsieur le Duc.

Ma il mio povero fratello non è in condizioni di interrogarli. Quindi il nostro caro ragazzo e il suo compagno di scuola avranno ancora qualche ora, se non giorni! per farsi passare la sbornia. Prego che allora siano in grado di rendere conto di loro stessi a voi. Ma il vostro primo dovere è nei confronti di Roxton. Potrete interrogare Evelyn in un secondo tempo. E non gli farebbe male, a nessuno dei due ragazzi, passare un po' di tempo da soli con i loro pensieri, per riflettere sulla loro deplorevole mancanza d'azione.

No! Non ho bevuto, né ho preso troppa polvere di James. Ammetto di non aver dormito tutta la notte e di essere esausta per aver assistito Antonia, ma non riesco a chiudere gli occhi, che non hanno più lacrime perché rivedo l'incubo della notte scorsa vividamente come se stesse succedendo di nuovo. Ho urlato. So di averlo fatto. E sono le mie urla che mi risuonano ancora nelle orecchie. Quella povera cara, dolce ragazza non ha quasi emesso un suono fino a quando non sono cominciati i dolori. Credo che fosse completamente sconvolta; è *ancora* sconvolta che contro di lei sia stato compiuto un simile atto mostruoso, e nelle sue condizioni! Oh, Lucian! È stata così coraggiosa.

E quindi dovete tornare qua in tutta fretta e non fermarvi finché sarete a casa e potrete aiutare mio fratello ad accettare l'incidibile realtà che suo figlio ed erede è un mostro. Un mostro, vi dico! E altri attesteranno questo triste fatto, quindi non sono la sola che lo pensa.

È l'alba e il cielo mattutino è striato di rosso. Non è un buon presagio, vero? Pensare che il primo giorno di un bambino in questo mondo sarà così tempestoso, quando la sua nascita, così desiderata e tanto attesa, avrebbe dovuto essere piena di gioia e di meraviglia, un evento degno dei suoi nobili genitori, eppure si è trasformato in una catastrofe di sconvolgente magnitudine.

È come se un figlio fosse impazzito e al suo posto fosse arrivato questo minuscolo ma perfettamente formato fagottino di gioia dolceamara. Nonostante tutto, è vivo e vegeto, deciso, in effetti, a restare su questa terra e a non salire al cielo. I suoi pianti sono sonori e imperiosi, e si è attaccato con gusto al seno della balia. Deve voler dire qualcosa sulla sua volontà di vivere e ci dà la speranza che un giorno possa fiorire.

Sì, Lucian, Antonia ha dato a mio fratello un secondo figlio maschio. Ma lei è troppo debole per allattarlo. Quasi troppo debole per vivere. Ha perso molto sangue e il suo spirito è talmente provato che i medici hanno avvertito Roxton che, anche se riuscirà a riprendersi fisicamente, il suo stato mentale potrebbe declinare ancora. Ma noi, Roxton e io, la sua cameriera Gabrielle e quelli che la amano e la conoscono bene, abbiamo fiducia nella sua forte personalità e grande voglia di vivere. Non lascerebbe mai volontariamente Roxton in questo modo, e non potrebbe mai abbandonare il suo bambino appena nato.

E quindi il piccolino, come vi ho detto, è stato affidato a una balia, una giovane ragazza robusta, senza un passato di bevitrice o di donna di facili costumi, e che ha proprio l'atteggiamento giusto per curare il neonato prematuro di una madre sofferente. Resterà al fianco di Antonia, nonostante il parere del medico che la duchessa abbia bisogno di riposo senza distrazioni. Ma Antonia vuole stare vicino al suo bambino appena nato, vederlo e tenerlo tra la braccia tra una poppata e l'altra, anche se riesce a malapena a tenere alzata la testa e ha bisogno di assistenza per bere da una tazza col beccuccio.

Roxton è d'accordo che il neonato resti nella stanza della malata, e questo nonostante il medico gli abbia detto in privato che c'è la possibilità che il bambino non sopravviva oltre la settimana, e l'effetto devastante che avrebbe su Antonia se dovesse vederlo tirare il suo ultimo piccolo respiro e poi morire davanti a lei! Oh, Lucian, il solo pensiero di una circostanza così orribile, dopo tutto quello che hanno passato, i bambini che hanno perso prima di questo, avere un secondo figlio e poi perderlo in un batter d'occhio, mi spezza il cuore.

Vi dico, Lucian, mio fratello è invecchiato di dieci anni in dieci ore! Non lo riconoscereste. Sono sicura che i suoi capelli stiano diventando bianchi davanti ai miei occhi, e i suoi occhi, oh, i suoi occhi sono talmente pieni di tristezza. Perdonate le macchie. Non pensavo di avere ancora lacrime da versare. Ma eccole! Lucian, oh Lucian, che cosa ci è successo? Perché il nostro mondo è finito sottosopra in questo modo? Come ha potuto quel ragazzo fare una cosa simile a sua madre? Che demoni ci sono nella sua testa? Tra voi e me, non posso fare a meno di ricordare l'incidente con il *Vicomte* d'Ambert, quando ha aggredito Antonia e quasi l'ha uccisa mentre era incinta di Alston. E ora questo! Sedici anni dopo e il bambino che aveva in grembo le si rivolta contro e fa la stessa cosa alla sua stessa dolce madre? È da non credere! Mio fratello si deve sicuramente chiedere che sangue scorre nelle sue vene per mettere al mondo una simile prole. Ma non vi dirò niente di più e farete bene a bruciare questa lettera prima del vostro ritorno. Prego continuamente che le mie paure a quel riguardo siano completamente infondate e che si possa trovare una spiegazione, ma quale potrebbe essere, proprio non lo so!

Non ho ancora trovato il coraggio di parlarne con Roxton e, con Antonia incapace di riprendersi dopo un travaglio più che traumatico, lui non la lascia un attimo, nemmeno per andare a vedere Alston, che resta chiuso nelle sue stanze, senza contatti con la famiglia o i servitori.

E non potete biasimare mio fratello, quando è stato lui, tornando, a vedere l'orribile scena della sua carissima Antonia trascinata nell'aria fredda della notte invernale, in camicia da notte, fuori, nella piazza, da suo figlio. Suo figlio, Lucian! Non un demonio o un criminale, o qualcuno fuggito da Bedlam. Ma il suo preziosissimo figlio maggiore, che lei adora, quasi quanto adora suo marito! Sì, è vero, vi dico. Suo figlio, mio nipote, Alston, l'ha trascinata fuori dalle sue stanze e giù per le scale e fuori nella notte. L'ha cacciata fuori di casa, per strada, come se fosse una puttana senza alcun valore. Ed è quello che le ha detto, accusandola di essere una meretrice e che il figlio che portava in grembo era il frutto bastardo del suo amante. Mio Dio, riuscite a immaginare che ha accusato sua madre di adulterio? Antonia, di tutte le donne su questa terra? Lei, la donna più bella della sua epoca che è così completamente devota a mio fratello, un satiro riformato, tanto che sono stati oggetto di molti ridicoli libelli che non sono degni di essere pubblicati, ma che pubblicano comunque! Vi dico, Lucian, quei disegni disgustosi non sarebbero mai pubblicati a Parigi! Almeno la Francia ha una polizia segreta per proteggerci. Sto divagando, ma chi può biasimarmi?

Nessuno, non io, non il medico della duchessa, non i fedeli dipendenti, nemmeno il suo padrino, Monsieur Ellicott, che è venuto a Londra per essere presente alla nascita tra qualche settimana, ha potuto convincere Alston del contrario riguardo a sua madre. All'inizio eravamo tutti troppo scioccati dal suo comportamento e dalle sue azioni per parlare. E poi è stato quasi troppo tardi per salvare Antonia dalla sua furia, quando l'ha trascinata con sé, giù per le scale e fuori nella notte. E quella cara ragazza non ha pronunciato una sola parola contro di lui. Penso che anche lei fosse talmente sbalordita da aver perso la facoltà di parlare.

Era ubriaco, Lucian. Così ubriaco e pieno di rabbia e di lacrime furiose che non sarebbe contato che cosa gli avesse detto Antonia o il resto di noi, perché era incapace di ascoltare qualcuno o qualcosa. Era come cieco al suo stesso oltraggioso comportamento, e cieco al fatto che sua madre era entrata in travaglio. La teneva per il braccio e la scuoteva, insultandola nel modo più abbietto e chiedendole chi fosse il suo amante e il padre del suo bastardo, con una rabbia tale che avevamo veramente paura che intendesse picchiarla! Il solo pensiero mi fa svenire!

E poi, come spuntato dal nulla, Roxton era lì! Mio fratello, appena tornato dal White, è apparso dall'oscurità. Si è avvicinato a grandi passi a suo figlio, con tutta l'energia e la forza di un uomo con la metà dei suoi anni, tale era la sua rabbia, non dubito alimentata dalla sua paura per Antonia. Non vedeva né sentiva nessuno eccetto la scena oltraggiosa che si presentava davanti ai suoi occhi sbalorditi.

Grazie a Dio, Roxton mantiene sempre il sangue freddo nelle crisi. Ha fatto l'unica cosa che poteva. L'unica cosa che nessuno dei servitori, non Antonia, non io o la sua famiglia avrebbe fatto. Ha afferrato suo figlio per il collo e l'ha strappato via da sua madre. Poi gli ha dato un tale manrovescio che l'ha buttato a terra! Stordito, il ragazzo si è accasciato sui ciottoli. Ed è stato solo allora che si è reso conto di ciò che aveva fatto e di ciò che avrebbe potuto fare, a sua madre e al bambino non ancora nato. E allora Alston ha emesso un tale ululato che era come se in mezzo a noi ci fosse un animale ferito.

Antonia, lei è caduta tra le braccia di Monsieur le Duc. E in un batter d'occhi, come solo la presenza di Roxton può fare, tutto era silenzioso e tranquillo. Il caos e la pazzia erano finiti. Mio fratello ha preso in braccio Antonia e l'ha portata dentro, lasciando suo figlio disteso sui sassi, a piangere.

È stato solo allora che dall'oscurità è apparso nostro figlio, e con lui il suo compagno di scuola Robert. Erano imbarazzati ma non spaventati, e molto ubriachi! Entrambi i ragazzi sono stati afferrati dai servitori di Roxton e nonostante le mie proteste, nonostante le mie lacrime, tutti e tre i ragazzi sono stati portati via dalla piazza, portati in casa e rinchiusi. È toccato ai servitori di Roxton scacciare dalla piazza gli spettatori e a Martin Ellicott aiutarmi a rientrare, e abbiamo seguito mio fratello e Antonia nelle sue stanze, dove sono stata da allora, eccetto adesso, per scrivervi questa lettera e dirvi di venire subito a casa!

Non posso mentirvi e dovete sapere, per il bene di mio fratello, che Antonia è stata vicina alla morte e il suo travaglio è stato tanto veloce che c'è ancora una piccola possibilità che non si riprenda dalla sua prova. Lucian, potremmo perderla. Il suo bambino respira e succhia ma è così piccolo. Ho acceso tante candele e pregato e pregato.

Non so che cosa succederà ad Alston o a nostro figlio. Tutto ciò che so è che abbiamo bisogno di voi qui. Che mio fratello ha bisogno di voi qui. Quindi, per l'amor di Dio, prendete un cavallo veloce e cavalcate come la tempesta che si sta avvicinando a grandi passi!

La vostra affezionata moglie,
Estée

Matrimonio di Mezzanotte
Lettera 2

Il signor Martin Ellicott, Esq., Third Hill Residence, Costantinopoli, a Sua Grazia il nobilissimo duca di Roxton, c/o William Kinloch CDA, Ambasciata di Sua Maestà britannica, Atene, Grecia.

Third Hill Residence, Costantinopoli
Giugno, 1767

Cari Monsieur le Duc et Mme la Duchesse,

Spero che questa lettera trovi le Vostre Grazie, lord Henri-Antoine, il dottor Bailey e i membri del vostro gruppo in eccellente salute e che vi stiate godendo il clima più caldo del Mediterraneo.

Julian e io siamo stati oltremodo felici di leggere nella vostra ultima missiva che siete oramai a un solo mese di distanza da noi. Il vostro imminente arrivo ci ha ricordato che risiediamo in questa città da quasi tre anni, mentre avevamo programmato di restare solo dodici mesi. Ma c'è tanto da vedere e da fare, come scoprirete durante la vostra visita, che anche dopo tre anni stiamo ancora scoprendo aspetti nuovi di questa città. Per non parlare dei numerosi viaggi di più giorni nella campagna circostante, a dorso d'asino o con piccole barche lungo la costa, che ci hanno portati in posti e panorami che sono una festa per i sensi e che, se fossimo stati a casa, avremmo solo potuto evocare con la nostra immaginazione dalla lettura delle Scritture.

Prima che cominci, lasciatemi rassicurare Mme la Duchesse che sono riuscito a trovare, secondo il suo desiderio, una casa di dimensioni ragguardevoli qui vicino, a soli dieci minuti di cammino dalla nostra residenza. Il vostro gruppo di quindici persone starà comodo all'interno delle sue mura bianche, con il supplemento di una ventina di servitori locali per i vari compiti da svolgere, e che risiederanno nel complesso degli edifici che costituiscono la villa. C'è un maggiordomo, nativo della Siria, il signor Anawi, che non solo parla perfettamente parecchie delle lingue comuni in questa parte del mondo, ma anche un eccellente francese e italiano, essendo queste ultime le lingue più parlate tra l'élite, locale e straniera.

La casa ha un aspetto magnifico, con la vista sulle colline circostanti e il porto, e il pomeriggio arriva una brezza rinfrescante dal mare. Tutte le stanze hanno il soffitto a volta, con grandi finestre panoramiche, senza vetri ma dotate di scuri e tendaggi di seta orientale. I pavimenti sono di marmo, che è piacevole e fresco in questo clima caldo. Ci sono parecchi tappeti orientali di buone dimensioni. Quelli nei vostri appartamenti privati sono intessuti di sete in colori vivaci, tipici di questa zona. Sono stati acquistati, come avete chiesto, per essere poi spediti a casa alla vostra partenza. Spero solo che i miei gusti siano di *vostro* gusto. Ma dato che in passato mi avete assicurato che è così, ammetterò di essere fiero delle scelte fatte per vostro conto, Mme la duchesse.

Il corpo principale della casa è costruito intorno a un grande cortile interno, aperto agli elementi, che ha al centro una piscina rettangolare, piastrellata con deliziosi mosaici, in cui si entra da un lato tramite ampi e bassi gradini che portano all'acqua. Tutte le stanze pubbliche si aprono su quest'area, con la luce solare che filtra, grandi vasi di palme e numerosi divani con cuscini, per sedersi e riposare con gli ospiti, come è d'uso qui. Oppure, come spesso succede, si consumano i pasti in questo cortile, e la piscina è una piacevole distrazione prima o dopo il desinare. Anche i vostri appartamenti privati hanno una piscina, più piccola ma più profonda. Spero che approverete e troverete che le dimensioni non siano troppo ridotte.

La villa è situata in un terreno lussureggiante che mi ricorda un'oasi che abbiamo visitato in Siria, con palme da dattero, viti, flora piena di colori e un abbeveratoio per gli uccelli. Il tutto circondato da mura veramente alte, più alte di un uomo issato sulle spalle di un altro. Questo offrirà completa riservatezza e permetterà a Lord Henri-Antoine di girare liberamente senza tema che possa uscire, anche se l'abbondanza di servitori impedirebbe comunque che possa mai succedere.

La proprietà è stata affittata per sei mesi, come concordato, con l'opzione di estendere l'affitto per altri sei mesi, anche se capisco il vostro desiderio di ritornare a Parigi per Natale.

Un'ultima cosa riguardo alla casa. Ho chiesto a Monsieur Anawi di assegnare le stanze come ha specificatamente richiesto Vostra Grazia, e che nell'ala della famiglia una stanza sia riservata a Julian, di modo che possa stare con voi durante la vostra visita. Sono d'accordo con voi che dovrebbe farlo, se non altro per creare un rapporto con il suo fratellino, che non ha mai conosciuto e che deve ancora incontrare, ma se lo farà o meno, è una questione che richiederà un grande tatto da parte vostra, Monsieur le Duc, e so che lo capite bene.

Ma prima che parli di Julian, lasciatemi dire come sono stato felice di leggere che avete apprezzato il vostro soggiorno a Roma e i suoi cimeli, e ancor più i tesori del Vaticano. Ovviamente, chi poteva negarvi una visita a quelle statue, dipinti e tesori acquisiti dagli agenti di Sua Santità in tutta l'Europa e oltre? Che abbiate potuto incontrare i Vallentine a Roma, e passare qualche settimana nella loro villa, deve essere stata un'occasione felice, specialmente dopo una separazione di qualche mese. Non mi sorprende che Monsieur and Mme Vallentine abbiano deciso di ritornare a Firenze e alla casa del cugino di Monsieur, che è il console. E per dire tutta la verità, è meglio per Julian che questa riunione di famiglia sia un affare più intimo e avvenga senza la presenza dei Vallentine, anche se il loro figlio resterà a Parigi. Potremo discutere di questo argomento con più agio quando sarete qui.

Mi ha grandemente incoraggiato ciò che mi avete riferito sulla salute di Lord Henry-Antoine. Che non abbia sofferto di un attacco di mal caduco in oltre un mese fa ben presagire per il futuro della sua piccola signoria, e dev'essere un tale sollievo per entrambi voi. Esito a suggerire che viaggiare verso sud, verso climi più caldi, abbia avuto un effetto benefico sui suoi umori? Sembra un bambino così curioso, che forse è stato talmente distratto da non avere il tempo di ammalarsi durante i vostri viaggi?

Devo dirvi che il dottor Hakim non vede l'ora di conferire con il dottor Bailey, e che mi assicura che ci sono trattamenti e medicine in questa parte del mondo che possono alleviare i sintomi della sua piccola signoria, se non fornire una cura. Il dottor Hakim mi è stato vivamente raccomandato, e, perché non pensiate che mi fidi solo delle raccomandazioni, l'ho fatto convocare e, con una tazza di caffè turco in mano, abbiamo passato un'ora piacevole discutendo di una varietà di argomenti. L'ho trovato senza pretese e interessante, e mai noioso. Mme la Duchesse, penso che lo troverete un piacevole compagno di conversazione.

Non vediamo entrambi l'ora di incontrare Lord Henry-Antoine. Com'è possibile che abbia già sei anni? Sembra solo ieri che Julian correva nel giardino di Mme la Duchesse a Treat, con il suo primo paio di calzoni. E pensare che il mio figlioccio compirà ventuno anni mentre sarete qui, mi fa scuotere la testa… come passa in fretta il tempo!

Naturalmente desideriamo vedervi con tutto il cuore. Siete mancati entrambi tantissimo al vostro figlio maggiore, come avrete capito dalle sue e dalle mie lettere. Se non dimostrerà immediatamente i suoi veri sentimenti in questa riunione di famiglia, è solo perché vuole apparire un uomo e quindi, anche con me e gli altri, fa del suo meglio per non mostrare mai la sua angoscia in pubblico. Come potete immaginare, porta ancora sulle spalle il grande peso del senso di colpa, e temo che lo porterà sempre, per quanto riguarda la nascita e la salute del suo fratellino. Non voglio sconvolgervi o farvi rivivere un episodio così doloroso ma, poiché avete affidato il benessere di vostro figlio alle mie cure, penso sia importante che conosciate il suo stato mentale.

Questa riunione gli crea grande apprensione, non solo perché sarà la prima volta che incontrerà suo fratello, ma ancor più perché si chiede come lo accoglierete. Lo so. Lo so. Lo accoglierete entrambi con gioia e le braccia aperte, ma non importa quante volte glielo dica io. Deve sperimentarlo da solo e poi penso che si tranquillizzerà.

Dato che non avete segreti tra di voi, scrivo apertamente e sempre sinceramente. Ma, per quanto riguarda il prossimo argomento, ho incluso un foglio separato, con l'intesa che potreste volerlo bruciare, data la sua natura delicata, tenendo intatto il resto della lettera. Sono sicuro che non troverete impertinente questo gesto, ma che capirete che nasce dalla pura necessità. Quindi continuerò su un altro foglio di pergamena prima di ritornare a questo per finire la mia missiva.

. . .

[*Nota: ecco il summenzionato foglio singolo, separato dal resto della lettera (scritto su entrambi i lati), è ora allegato alla lettera originale. Non era stato bruciato, come consigliato e predetto, ma è stato trovato tra i documenti più riservati di Monsieur le Duc, in uno dei tanti portfolio di pelle rossa chiusi a chiave trovati nella scala segreta all'interno della biblioteca di Treat.*]

Monsieur le Duc, per essere brutalmente sincero, la vostra visita qui e il nostro ritorno con voi a Parigi non potrebbero avvenire nel momento migliore. Anche se questa meravigliosa permanenza a Costantinopoli è stato uno dei nostri soggiorni all'estero più piacevoli, abbiamo ritardato la nostra partenza di dodici mesi, e tutto a causa dell'attaccamento carnale di Julian a una particolare femmina il cui marito è un attaché all'ambasciata russa.

Credo che se avessimo fatto programmi un anno fa, Julian sarebbe stato d'accordo e felice di cambiare scenario. Stava diventando irrequieto, e non vedeva l'ora di partire via mare per Alessandria. Avevamo discusso di visitare il Cairo e poi fare un altro viaggio per mare lungo la costa dell'Africa fino a Gibilterra, poi su fino alla Manica e in Francia, per tornare a Parigi.

Avevo quasi completato i preparativi quando è andato tutto all'aria. Julian ha catturato l'attenzione della moglie del *Chargé d'affaires* russo, un certo principe Vladimir Rostovsky. Il marito è spesso assente dalla città e in altre parti dell'impero, per affari e lascia qui la moglie, che non ha figli, dato che lei preferisce non viaggiare. Anche lei è un'aristocratica, una principessa della famiglia Gargarin, ed entrambi si comportano come se fossero attaccati con il cordone ombelicale all'imperatrice in persona. Il che vuol dire che guardano dall'alto in basso tutti quelli con uno status inferiore al loro e praticamente non vedono chiunque abbia un rango inferiore a quello di dama di compagnia imperiale. Lei si aspetta che tutti gli uomini siano incantati dalla sua grande bellezza e lui che ogni uomo si inchini davanti a lui. In breve, sono una coppia molto ben assortita.

La principessa Sonia Natalia Gargarin-Rostovskia è una bellezza flessuosa, con la pelle chiara, occhi scuri e capelli neri corvini. Ha otto, forse dieci anni più di Julian, ma sembra più giovane. Ed è normale, visto che passa il tempo quasi esclusivamente a occuparsi della sua persona. Eppure, nonostante tutta la sua vanità, è una linguista esperta, talmente abile da essere spesso chiamata all'ambasciata per prendere parte alle riunioni che richiedono un'interprete. Ammetto che è un'ospite generosa e una compagnia abbastanza piacevole, da quanto ho potuto vedere nelle poche occasioni in cui sono stato in sua presenza a qualche funzione all'ambasciata. Ma, ovviamente, non è per la sua conversazione che Julian la cerca.

Non sono stato sorpreso quando la principessa ha cominciato a mostrare interesse per Julian. Come scoprirete da solo, vostro figlio è diventato un giovanotto bello, alto, con le spalle larghe e un fisico muscoloso e snello. Ha un sorriso devastante, ha ereditato da Mme la Duchesse i suoi occhi straordinari e la vostra voce calda e profonda, Monsieur le Duc, e ha un atteggiamento e un portamento naturalmente nobili; tutte queste cose insieme lo rendono irresistibile per le donne.

Ciò che mi ha sorpreso è che si interessasse a questa donna, e che lei abbia continuato a mantenere il suo interesse. Prima della principessa, Julian aveva dimostrato solo una educata curiosità verso il sesso opposto e non aveva mai espresso il desiderio, o il bisogno, di congressi carnali con qualunque donna, nonostante le molte proposte ricevute negli anni, da donne del più alto rango e giù fino a quelle pagate per i loro servizi, da Dover a Roma, e ora qui in questa città. Quindi, non è stata la mancanza di opportunità, ma una naturale reticenza e, oserei dire, un innato puritanesimo, che lo hanno mantenuto casto. Finora, cioè.

Essendo la donna sposata, e discreta, ero incline a considerare la loro relazione per quello che è, niente di grave. Dopo tutto, con lei Julian ha ricevuto il miglior tipo di introduzione ai piaceri della carne, senza la costante preoccupazione di uno scandalo se lei fosse stata più giovane, fertile e meno esperta.

Ma la loro relazione recentemente ha preso una svolta pericolosa quando il marito della principessa ha sorpreso sua moglie che intratteneva Julian. Perché, anche se Rostovsky è al corrente delle indiscrezioni di sua moglie, trovarla in ginocchio davanti a un maschio vigoroso di una quindicina d'anni più giovane di lui è stato un duro colpo per il suo orgoglio maschile. Ha causato un'incrinatura pubblica nel loro matrimonio e lui ha ordinato che interrompesse ogni contatto con Julian. Cosa che lei ha rifiutato di fare.

Il suo rifiuto e il susseguente comportamento hanno fatto sì che il marito gettasse al vento ogni cautela e rendesse di pubblico dominio questa faccenda molto privata. Una sera, ubriaco all'Occidental Club, e io ero per caso nella sala di lettura dopo cena e quindi a portata d'orecchi, Rostovsky ha annunciato volgarmente che sua moglie aveva la lingua più talentuosa in tutto l'Impero ottomano. Ovviamente il doppio senso ha scandalizzato i presenti, più per il modo in cui era stato pronunciato che per la rivelazione in sé. Credo che la maggior parte dei membri del club non fosse proprio sicura a che cosa alludesse Rostovsky, sapendo che sua moglie è una rinomata linguista.

Comunque il principe non si è fermato lì e ha continuato a camminare impettito per la stanza pontificando. Prima, che il duello tra Lord Braithwaite e il conte Montessori, che aveva causato sensazione quando Braithwaite era stato ferito a morte, era stato combattuto per la principessa. Poi, che sua moglie era una ladra di culle. Fino a quello sproloquio da ubriaco, Julian non era stato collegato alla principessa e non c'era stata nessuna dichiarazione pubblica da parte del marito cornuto riguardo all'infedeltà di sua moglie. Eppure, questo oltraggioso sermone è stato seguito dalla volgare battuta che il giovane amante di sua moglie era un nobiluomo che non solo era noto per essere difficile da tenere in pugno, ma che aveva anche offerto a sua moglie un bel boccone. Non è arrivato al punto di fare il nome di Julian pubblicamente, ma temo non sia più importante. In particolar modo perché Julian sembra non rendersi conto della serietà della situazione in rapido deterioramento tra marito e moglie, e continua a far visita alla principessa.

Quando ho suggerito a Julian di prendere le distanze da lei, per rispetto verso suo marito, la sua reazione spontanea è stata di dirmi che le sue relazioni non erano affar mio, al che ho replicato che i suoi affari erano decisamente anche i miei, visto che agisco *in loco parentis*, e che cosa avrebbero pensato di suoi stimati genitori di un simile legame. A quel punto si è infuriato e mi ha detto che non era il caso di preoccuparsi, perché sapeva bene che cosa comportava il suo nome e che si era astenuto dal portare i loro appuntamenti segreti alla loro naturale conclusione, e che non aveva intenzione di farlo. Che quella sarebbe stata una prerogativa esclusiva di sua moglie.

Sarete d'accordo con me che è un sollievo, anche se mi stupisce un tale livello di autocontrollo e di maturità, vista la sua età e dato che questa è la sua prima *liaiso* sessuale. Eppure, conoscendo il suo carattere, avrei dovuto capire che fosse sua la scelta di restare vergine.

Si sarebbe potuto pensare, visto il rifiuto di Julian a portare la loro *liaison* alla sua naturale conclusione, che la principessa avrebbe interrotto la loro relazione. Non le mancano certo i corteggiatori, e le invettive di suo marito non li hanno scoraggiati, tutto l'opposto, in particolare con l'esplicita pubblicità fatta ai talenti di sua moglie. Eppure, sembra che l'unico maschio che divide il suo letto, e tutte le notti, sia vostro figlio, visto che suo marito ha cominciato a dormire al club. È sempre molto assidua.

Ho riflettuto e credo di aver trovato una spiegazione ragionevole, una che vi permetterà di affrontare questo dilemma nel vostro solito modo onnipotente, quando arriverete. Perché, vedete, io credo che la principessa, che è una donna molto desiderabile e molto sensuale, abituata ad averla vinta in tutto e per tutto, specialmente quando si tratta di uomini, trovi altamente afrodisiaco l'autocontrollo di Julian. Ed essendo una creatura caparbia, non rinuncerà a lui finché non avrà distrutto le sue difese. Perché, almeno secondo lei, com'è possibile che esista un uomo che riesca a resistere al suo considerevole fascino e ai suoi esperti talenti?

Non so fino a che punto arriverà per infrangere la risoluzione di Julian, ma visto che il suo desiderio per lei non sembra diminuire, la credo capace di tutto per vedersi vincitrice in questo melodramma da camera da letto. Non crediate, Monsieur le Duc, la principessa Sonia è molto intelligente, furba e decisa e, se alla fine dovesse rendersi conto che Julian non cederà (e io credo che lui manterrà la sua decisione irremovibile, perché sa bene qual è il suo destino, e questo, Monsieur le Duc, dovrebbe farvi piacere), è probabile che gli si rivolti contro, in qualunque modo, per vendicarsi per quello che lei percepisce come un attacco alla sua autostima.

Fine del foglio di pergamena separato.]

Mi sono preso la libertà di fare un elenco dei posti che dovete visitare mentre siete qui e Julian ha controllato la lista e aggiunto qualche sua raccomandazione, tra le quali, una visita sulla costa al Palazzo delle sette torri. Ha anche aggiunto un certo numero di caffè alla lista ed è sicuro che a suo padre piaceranno, uno in particolare, dedicato unicamente al caffè turco, chiamato vino dell'Islam, perché qui non bevono alcool, e al backgammon. Julian è dell'opinione che Monsieur le Duc straccerà tutti i convenuti e avrà l'opportunità di sconfiggere il campione in carica, un certo Pasha Bedri Ekrem, un ufficiale in pensione che, nei quindici anni da che gioca in quel caffè, non è mai stato battuto al meglio delle cinque partite.

Mi piacerebbe che Mme la Duchesse potesse vedere questa scena ma, purtroppo, le donne sono escluse da questi posti dove si riuniscono gli uomini. Non diversamente dai club in St. James's Street a Londra, anche se là succede dietro le porte chiuse, mentre qui sarebbe come se tutte le vie di Westminster dove esiste un club o un caffè fossero proibite alle donne.

Non so dirvi quanto aspetti un bel dibattito su questo argomento e su tanti altri quando arriverete, Mme la Duchesse.

Adesso firmerò, di modo che questa missiva possa partire e arrivarvi in tempo.

Il vostro umilissimo e devoto servitore,
Martin Ellicott

Matrimonio di Mezzanotte
Lettera 3

Martin Ellicott, Esq., Moran House, Bath Road, Avon, Inghilterra, a Sua Grazia il nobilissimo duca di Roxton, Treat via Alston, Hampshire.

Moran House, Bath Road, Avon, Inghilterra
Settembre, 1768

Mio caro duca,

rispondo alla vostra lettera, che accludeva le raccomandazioni di Sir Gerald e nella quale chiedevate la mia opinione non solo su quelle raccomandazioni, ma sull'intera faccenda, e vi offro i miei consigli.

La morte prematura dell'anziana chaperon di vostra nuora, Miss Clementine Francis, circa tre mesi fa, è stata di per sé una triste faccenda. Miss Cavendish (perché l'ho sempre chiamata così e non posso passare al suo titolo da sposata finché lei stessa non lo conoscerà) si era sinceramente affezionata alla sua lontana cugina ed è stata molto colpita dalla sua morte. Sareste stato fiero di vedere come si è comportata questa giovane donna di non ancora vent'anni. Dalle disposizioni per il funerale, al piccolo ricevimento dopo la cerimonia, Miss Cavendish si è comportata con un *aplomb* e una maturità ben oltre i suoi anni.

Ed è per via della sua condotta e poiché ho studiato il suo temperamento di prima mano, che credo che quello che suggerisce Sir Gerald sia un modo totalmente sbagliato di prendere contatto con vostra nuora. In special modo in questo delicatissimo momento, in cui Julian mostra interesse a prendere in mano il suo destino e diventare un marito non solo di nome.

Miss Francis era la chaperon ideale per una ragazza con l'indole di Miss Cavendish. Quell'anziana donna non si permetteva mai di giudicare la sua giovane pupilla, e discuteva i piani di Miss Cavendish per il suo futuro con il nipote come se quei piani potessero avere successo, pur sapendo che la realtà era ben diversa. E anche se Miss Francis passava la maggior parte del suo tempo in un angolino soleggiato a lavorare a maglia o a leggere la bibbia, i suoi occhi e le sue orecchie erano sempre ben aperti, attenti a ogni segno di irrequietezza o di disagio della sua pupilla. Posso osare ammettere che la sua natura sedentaria e i suoi modi gentili erano parte del suo fascino, perché non ha mai pronunciato una parola dura e, anche quando la casa era nel caos più completo, come certamente doveva essere con una donna risoluta, responsabile di un ragazzino molto vivace, Miss Francis continuava a comportarsi come se fosse in un convento.

Come saprete, Sir Gerald non ha mai accettato Miss Francis come chaperon per sua sorella, e l'ha incontrata solo fugacemente. So che Sir Gerald era dell'opinione che ciò che serviva, dopo la fuga di Miss Cavendish a Parigi per prendersi cura di Otto, fosse una donna di temperamento taciturno e nobile portamento, che le matrone della società di Bath avrebbero approvato.

Se posso essere franco, Vostra Grazia, l'accettazione della società era tutto ciò che importava e ancora importa a Sir Gerald. Il benessere di sua sorella è marginale rispetto al suo desiderio che non sia oggetto di pettegolezzi in società. Che lo abbia sfidato e sia scappata da casa quasi gli ha procurato un collasso nervoso, non perché temesse per la sua sicurezza, ma perché temeva la vostra ira per aver permesso che accadesse.

So, Vostra Grazia, che a voi non interessa minimamente ciò che pensa la società, che i vostri affari privati sono solo affar vostro. Ma so che ci tenete a che vostra nuora resti vergine per la consumazione del suo matrimonio con vostro figlio e che nessuno scandalo possa macchiare il suo nome dopo il suo ritorno in Inghilterra dalla Francia.

Il maggiordomo Saunders continua a inviarmi rapporti settimanali sugli andirivieni della sua giovane padrona e sull'atmosfera generale in casa. Dai rapporti risulta evidente che vostra nuora ha cominciato a ricevere le visite di parecchi corteggiatori e di uno in particolare che so vi dispiacerà grandemente: il signor Robert Thesiger.

Non mi sono mai preoccupato degli aspiranti corteggiatori o delle visite del signor Thesiger finché Miss Francis era viva e poteva tenere d'occhio gli avvenimenti. E, perché non possiate fraintendermi, non mi sono mai preoccupato che Miss Cavendish potesse comportarsi in compagnia di questi giovani uomini, con o senza Miss Francis presente, in modo men che corretto.

Vostra nuora potrà anche essere caparbia e un po' un maschiaccio ma è modesta, nel portamento e nelle azioni, ed è troppo fiera dell'illustre nome dei Cavendish e di sé, per anche solo pensare di rischiare di cadere in disgrazia. Se posso osare fare una predizione, Miss Cavendish sarà un'eccellente marchesa di Alston, una moglie di cui Julian potrà essere orgoglioso e una nuora cui potrete con tranquillità affidare il futuro del ducato di Roxton.

Ma per evitare che questi corteggiatori diventino troppo audaci, e vedo che il signor Thesiger è molto determinato nel suo corteggiamento, suggerisco a Vostra Grazia di fare in modo che Julian si faccia conoscere da sua moglie il più presto possibile. Non è compito mio immaginare o chiedermi come farlo o come dovrà comportarsi Julian. La mia parte in questa impresa è di offrirvi la mia opinione e tenere d'occhio da lontano vostra nuora, dalla mia casa nella periferia di Bath.

Nel frattempo, fino al giorno in cui Julian arriverà a Bath, suggerisco un nuovo approccio alla sostituzione di Miss Francis, che vi sorprenderà e che indubbiamente dispiacerà a Sir Gerald, perché va contro tutto ciò che suggerisce lui, che vorrebbe che Miss Francis fosse sostituita con una carceriera dal viso arcigno, con la forza di trattenere fisicamente sua sorella se necessario. In pratica, Sir Gerald vuole che sua sorella sia tenuta prigioniera fino a quando la reclamerà Julian.

Non potrei essere più in disaccordo con questo consiglio. Sostituire Miss Francis con una persona simile creerebbe una grande tensione e disarmonia nella casa di Milsom Street, che diventerebbe un posto molto infelice, da cui vostra nuora vorrà fuggire alla prima occasione.

Miss Cavendish ha un carattere tale per cui ha bisogno di sentire di avere un certo controllo sulla propria persona e sulla sua casa. Assumere una donna che cercasse di limitarla o rubarle questo controllo la porterebbe, credo, a compiere azioni avventate. Scapperebbe di nuovo e questa volta portando con sé suo nipote Jack. Probabilmente si rivolgerebbe a Monsieur Evelyn Ffolkes, che le aveva offerto la sua protezione e il suo nome l'ultima volta che è stata a Parigi. Una ripetizione di un simile comportamento è l'ultima cosa che voi e vostro figlio potreste desiderare, ma è quanto secondo me potrebbe succedere.

Miss Francis non si è mai preoccupata di accompagnare Miss Cavendish quando andava alla Pump Room, né era incline a essere la sua ombra quando Miss Cavendish e suo nipote passeggiavano o cavalcavano per la città. E non l'ha mai accompagnata durante le sue visite settimanali da me. Durante queste uscite, vostra nuora è sempre stata accompagnata dal signor Joseph Jones, il maestro di casa di suo fratello Otto, che, dopo la morte di Otto, si è assunto l'incarico di proteggere Deborah e suo nipote Jack.

So di non sbagliarmi nel pensare che la presenza di Joseph nella casa di Milsom Street abbia la vostra approvazione e che, come minimo, anche lui abbia ricevuto l'incarico di tenere d'occhio Miss Cavendish e, particolarmente, di stare in guardia per eventuali pericoli che possano essere in agguato nelle vicinanze della sua persona, come, ad esempio, i tipi come Robert Thesiger.

Quindi propongo che Miss Francis non sia sostituita. Non avere immediatamente una chaperon non farà alcuna differenza nella vita di Miss Cavendish e non farà cambiare idea a quelle matrone di Bath che vivono per diffondere cattiverie sugli altri. I pettegoli di Bath potranno pensare che a vostra nuora manchi un occhio adulto giudizioso che controlli le sue attività ma quest'idea mi fa sorridere, perché, anche se da lontano, nessuna giovane donna è mai stata controllata e sorvegliata, in tutte le sue azioni, conoscenze e routine quotidiane, più di vostra nuora!

Sì, non avere compagnia femminile farà mormorare i pettegoli di Bath e susciterà qualche commento negativo, ma che cos'è mai nel grande schema della vita? Che cosa importerà quando Miss Cavendish diventerà la moglie del marchese di Alston, di fatto oltre che di nome, e prenderà il posto che le spetta all'interno della vostra famiglia? Che ne sarà allora dei pettegolezzi e dei commenti sprezzanti? Saranno meno di niente e allora nessuno, uomo o donna che sia, oserà fare commenti su di lei.

Credo di aver esaurito l'argomento, e anche il vostro tempo.

Spedirò questa lettera senza indugio e con la promessa di rispondere domani alla lettera di Mme la Duchesse.

Il vostro umilissimo e devoto servitore,
Martin Ellicott

Matrimonio di Mezzanotte
Lettera 4

Mme Vallentine, Hôtel Roxton, Rue St. Honoré, Parigi, Francia, a Mme la Duchesse de Roxton, Treat via Alston, Hampshire, Inghilterra.

Hôtel Roxton, Rue St. Honoré, Parigi, Francia
Aprile, 1769

Carissima sorella, quando avete detto che sareste tornati a Parigi, voi e mio fratello? So che me lo avete già detto ma ho perso la lettera e sono troppo stanca e preoccupata per cercarla. So che è da qualche parte su questo scrittoio, ma dove…

Ho la testa piena di pensieri e il mio cuore è così pesante ultimamente che non c'è giorno che non abbia il mal di testa e debba ritirarmi sul divano il pomeriggio, e voi sapete il perché!

Per favore, non raccontate ciò che vi dirò a Roxton o a Lucian. Ma perché ve lo sto dicendo, quando so che voi sapete che io so che lo sanno entrambi! Uh! Ho la sfortuna di avere un fratello che vede e sa tutto e un marito che è abbastanza accomodante da lasciarglielo fare!

Lucian non riuscirebbe a mentire nemmeno se tentasse. E non lo farebbe mai con Roxton. Credo che sia per quello che sono tanto amici. In effetti, credo che la lealtà di mio marito vada prima a mio fratello e poi a me! No, non negatelo. Voi siete pessima quanto loro, con la vostra completa devozione a Roxton e la vostra lealtà nei confronti di mio marito, anche se entrambi fingete di non sopportarvi a vicenda. Ah! È un trucco. Segretamente vi piace enormemente punzecchiarvi e a mio fratello piace osservarvi.

A questo punto riderete tanto da cadere dalla sedia, quando vi dirò che imbecille sono stata. Quasi non riesco a crederci io stessa, se volete la verità. E quando ripenso alle mie paure e alle mie azioni, adesso, concordo con quanto ho detto. Ma lasciate che ve lo racconti, così avrete davanti agli occhi l'immagine completa, prima che gli occhi vi si riempiano di lacrime per le grandi risate che vi farete per la ridicolaggine di vostra sorella.

Ho cominciato a sospettare che Lucian avesse un piccolo diversivo dall'altra parte del fiume. Sì! Lucian infedele. Ecco! L'ho scritto perché lo leggiate e i vostri occhi possano cominciare a sgranarsi con lo stupore e l'incredulità che io osi sospettare mio marito di tradimento.

Dopo essermi ripresa dal colpo e dalla rabbia di pensare che potesse essere vero, sono caduta in una profonda depressione pensando che lui stesse costruendosi un nido d'amore con qualche donnina allegra con la metà dei miei anni e due volte più carina. Non sono riuscita a alzarmi dalla dormeuse per giorni. Quando Lucian non è venuto a cercarmi la prima notte che non ero nel nostro letto, la mia tristezza è aumentata, poiché ho pensato che le mie paure fossero giustificate. Già, perché altrimenti non mi avrebbe cercato, quando abbiamo diviso un letto per altrettanti anni di voi e mio fratello, a meno che il suo interesse fosse ora indirizzato altrove? La seconda notte è venuto a cercarmi, ed era lì in camicia da notte e berretta che mi guardava, tenendo una candela a un centimetro dal mio naso… Pensavo che i miei capelli avrebbero preso fuoco! E che cosa dico e faccio quando mi chiede che cosa sta succedendo e di andare a letto? Scoppio in lacrime e gli dico di andarsene! E lui che cosa fa? Se ne va in silenzio! Non una parola! Uomo impossibile!

Quindi vedete perché le mie paure che avesse un'amante si intensificavano e il mal di testa diventava insopportabile? Come potevo dirgli perché ero così sconvolta, quando temevo che la risposta potesse essere quella che non volevo assolutamente sentire? Ma non potevo continuare a sopportare l'agonia di non sapere, in un senso o nell'altro, quindi il terzo giorno mi sono decisa a scoprire se le mie paure fossero giustificate.

Sarete sconvolta da quello che ho fatto, lo so, ma, cara sorella, non potete sapere in che condizioni ero! Voi non avreste mai fatto una cosa simile, perché la vostra fiducia in vostro marito ha radici così profonde che dubito che abbiate mai nemmeno pensato che lui potesse tradirvi, nemmeno con gli occhi, lui, che era un tale libertino prima di sposarvi! E perché dovreste avere anche il minimo dubbio? Il fuoco brucia ancora intensamente per voi e mio fratello, lo vedo quando sono in vostra compagnia. Una tale profondità di sentimenti mi incanta e mi nausea in ugual misura.

Ma non stiamo parlando del vostro matrimonio bensì del mio e delle mie stupide paure, che hanno dato vita ad azioni ridicole. Per favore, dovete promettermi di non dire una parola a Roxton o a Lucian. Mia fratello si farebbe una bella risata a mie spese e mio marito penserebbe che sua moglie è squilibrata. Non finirei più di sentirlo brontolare incredulo di come io abbia potuto dubitare della sua fedeltà.

Ecco che cosa ho fatto. Ho fatto seguire Lucian. Sì, gli ho messo alle calcagna una spia, giorno e notte per una settimana. Non poteva mettere piedi fuori di casa senza che questa persona fosse due passi dietro a lui. È diventato la sua ombra e dovunque Lucian andasse, qualunque cosa facesse, la spia era lì.

Non sono forse la peggiore delle mogli per aver fatto una cosa simile? Ma vi dico che ciò che la spia mi ha riferito di aver visto dopo essere stato l'ombra di Lucian per appena una settimana, non mi ha certamente tranquillizzato. Anzi, i miei sospetti sono aumentati e sono ricaduta piangente sulla mia dormeuse. La spia mi ha detto che non solo mio marito era andato sulla *rive gauche*, ma aveva visitato la stessa casa in tre giorni diversi, passando dentro quelle mura due ore in ciascuno di questi giorni.

La spia era perfino riuscita ad avere il nome del proprietario di questa casa. Che fosse un uomo non ha allentato le mie paure. Per quanto ne sapevo allora, quest'uomo avrebbe potuto essere un ruffiano e la donna che Lucian stava vedendo la sua puttana. Ma la storia è peggiorata, confermando le mie paure, quando la spia mi ha riferito che mio marito non era l'unico gentiluomo che visitava quella casa, e spesso.

Così comincio a pensare che non abbia un'amante ma che stia visitando un bordello! Per qualche motivo, questo mi fa sentire un po' meglio, pensare che il suo vagabondare non sia ristretto a una donna, ma poi ovviamente comincio a pensare il contrario perché, se sta vedendo più donne, che cosa dice di lui e del nostro matrimonio? E, oh!, un migliaio di altre cose impossibili che passano per una mente in subbuglio.

Per favore, dovete cercare di leggere questa lettera senza ridacchiare, Antonia! Perché sono sicurissima, come la notte segue il giorno, che è esattamente ciò che state facendo, al pensiero di Lucian che entra in un bordello. Effettivamente, quell'uomo potrebbe esser lì, davanti a un luogo simile, e non avere idea della sua funzione.

Ma non vi ho raccontato il resto di questa triste storia, e perché sono una tale imbecille perfino da aver avuto un pensiero cattivo sul mio caro marito. Ma dovete ricordare, in quel momento il suo comportamento era così strano che le mie paure che avesse qualcosa in ballo erano giustificate, anche se erano completamente fuori strada!

Per farla corta, quella casa non era un bordello. Non era nemmeno occupata da una donna malfamata. L'ha scoperto la mia spia, dopo averlo pagato profumatamente perché trovasse il modo di entrare in quella casa. Gli ci sono voluti un paio di giorni e in quei giorni la testa mi faceva tanto male e la mia apprensione era così forte che non riuscivo né a mangiare né a dormire. E pensate che Lucian si sia accorto del mio stato? C'è voluto nostro figlio, che ha chiesto una sera a cena perché non stessi mangiando ciò che mi mettevano davanti, perché suo padre ripetesse la stessa domanda, aggiungendo poi che se non avevo voglia di mangiare quella fetta di pasticcio di fagiano che avevo sul piatto, forse l'avrebbe gradita Evelyn; dopo tutto non era il caso di sprecare un buon pasticcio. E a quel punto io ho gettato sul tavolo il mio tovagliolo e mi sono precipitata fuori dalla stanza, nel più assoluto silenzio di mio marito e di nostro figlio.

Ma il loro enorme appetito non è nuovo per voi. Mi fa infuriare oltre misura che quei due possano mangiare fino a scoppiare e restare magri come uno chiodo, mentre a me basta guardare un *éclair* e le maniche mi vanno strette.

Ma torniamo alle visite di Lucian in quella casa e alle mie ridicole paure. E ora che lo sto scrivendo, sto cominciando a ridacchiare anch'io. Non solo per il sollievo che il mio caro marito mi sia devoto come sempre, ma al pensiero di ciò che stava facendo, e perché. Quindi adesso avete il permesso di ridere con me. Promettetemi, però, che non riderete davanti a Lucian e che non direte una sola parola.

Quindi, chi erano questi uomini andavano e venivano da quella casa e perché mio marito era uno di loro? Si è scoperto che quella casa era un club e i suoi membri pagavano una piccola cifra annua per andare e venire a loro piacimento, per usare e far tenere in ordine le stanze dei rinfreschi e, ovviamente, le aree dedicate al gioco all'interno del giardino recintato dietro la casa. La spia l'ha scoperto mentre cercava di entrare, sentendosi dire che la clientela era esclusiva, anche se non limitata al nostro rango, dato che la maggior parte degli uomini aveva una professione. Sospetto che Lucian abbia pensato che trovare un club dall'altra parte del fiume avrebbe reso più difficile che lo scoprissero o che incontrasse qualcuno che conoscessimo. Beh, non aveva tenuto conto di avere una moglie gelosa e sospettosa che vuole conoscere tutti i suoi movimenti!

Così, che cos'è questo club in una casa sulla *rive gauche* con il giardino dalle alte mura che richiede manutenzione, è esclusivo, ha solo membri maschi, e, oso dire, l'unica donna entro cinquanta metri è la cameriera che toglie le tazze dai tavoli?

È un club di bocce! Bocce! Antonia! Bocce. Ve lo giuro sul mio confessore, Lucian passa due ore al giorno, tre giorni alla settimana a giocare a bocce con avvocati, medici e gente del genere. *Mon Dieu*! Di tutte le cose che poteva fare, e che io pensavo che facesse, non fa altro che giocare a bocce.

Oh, Antonia, quando la spia me l'ha detto, sono scoppiata a piangere per la gioia e l'incredulità, tanto che le mie donne pensavano che stessi avendo qualche tipo di crisi. Il corpetto era troppo stretto e non riuscivo a respirare tanto ridevo per il sollievo. Il mal di testa è sparito in un istante e mi sono alzata e ho chiesto il bagno e il mio abito migliore per apparire al meglio quando più tardi fosse arrivato Lucian. Ho persino dato ordini in cucina che preparassero il suo piatto preferito, cacciagione all'aglio.

Non vi dirò come e quando ho scoperto perché il mio caro marito passa il suo tempo giocando a bocce di nascosto, ma sappiate solo che lo so. Ha un carattere così competitivo, quando si tratta di giochi, e sono sicura che sia questa caratteristica che l'ha reso uno spadaccino provetto. E non dovete dire niente a Roxton, che sicuramente lo prenderebbe in giro, magari non a parole, ma abbastanza perché Lucian si chieda come ha fatto a venire a conoscenza del suo piccolo segreto.

Quindi, ora che vi siete asciugata gli occhi da tutte quelle lacrime d'ilarità, posso dirvi che la colpa della mia scarsa salute e dei miei sospetti infondati durante tutta questa faccenda, e l'ossessione di Lucian per le bocce, è tutta vostra, carissima sorella. Solo colpa vostra! Già, perché mai Lucian dovrebbe esercitarsi a giocare a bocce? Per qualche ridicola scommessa tra voi due! Senza dubbio lanciata da voi e immediatamente dimenticata, ma presa come una sfida da Lucian, una sfida che è deciso a vincere. Non importa che valga solo dieci sterline, che cosa sono per voi o per lui? È vincere che conta per Lucian. Ovviamente gli ho detto che sicuramente vi batterà a questo gioco, rendendolo molto felice. Ma in realtà non ci credo, perché voi giocate molto meglio e perché Lucian, credo, non vede bene come pretende e quindi tutto ciò che supera la distanza del suo braccio teso è un po' sfocato. Quindi si è convinto di poter vincere, ma non ha convinto nessun altro.

Ora che sapete che sono una stupida ad aver pensato che il mio matrimonio fosse in pericolo, e che non sono più perseguitata da paure infondate, devo dirvi che il mal di testa è tornato, forse peggiore di prima, e che cosa, o meglio chi, l'ha fatto tornare con rapidità allarmante è mio figlio!

Come madre di due figli maschi, mia carissima sorella, solo voi potete condividere la preoccupazione che ho per il mio caro ragazzo. Dal momento della sua nascita fino a questa mattina, ogni giorno della sua vita è stato la mia gioia costante e la mia quotidiana preoccupazione. I padri si preoccupano anche loro, certo, ma non come noi, e qualche volta mi chiedo se pensino ai loro figli almeno una volta la settimana.

Oggi mi preoccupa che Evelyn non mostri il minimo interesse verso le solite attività maschili che dovrebbero attirare un ragazzo della sua età. Detesta l'esercizio fisico, di qualunque tipo, anche se non è un cattivo spadaccino. Così dice suo padre. E Lucian dovrebbe saperlo, lui che ai suoi tempi era il migliore. Dice che quello che Evelyn non ottiene con il movimento, lo fa con il posizionamento del suo stocco. E che è in questo modo che è in grado di battere il suo avversario. Apparentemente, questo posizionamento non è una cosa così facile da imparare, e che Roxton era molto bravo in questo. Lucian mi dice di non preoccuparmi, che Evelyn se la caverà se mai dovesse fare un duello, o che, se fosse aggredito da un branco di ruffiani, potrebbe prenderle, ma non lo sconfiggerebbero con la spada.

E questo dovrebbe tranquillizzarmi?

E non si unisce alla caccia, non spara, non scommette su nessun animale, cose che fanno tutti i giovanotti della sua età. Preferisce frequentare le orchestre da camera, le riunioni operistiche e musicali, portando con sé il suo violino. Spesso va alle Tuileries, dove ci sono i chioschi, e quindi si raduna la maggior quantità di gente, gente che conosciamo. Sistema il suo piccolo leggìo con le partiture e suona per la gente comune, come se fosse un poveraccio e non il nipote di un duca. Perché? Qual è lo scopo di attirare l'attenzione su di sé in questo modo, Antonia? Perché si disonora in questo modo? Non gli interessa il nome della sua famiglia? I suoi anziani parenti? Che la sua mamma, figlia di un marchese, nipote di un duca e sorella di un duca (e non uno qualunque, ma Roxton) si vergogni che suo figlio suoni in pubblico in questo modo? Non gli interessano i miei sentimenti, la mia mortificazione?

Ho chiesto a Lucian di ordinare a suo figlio di smetterla con queste vergognose esibizioni pubbliche, di ricordargli ciò che deve al suo nome e che questi spettacoli pubblici faranno ammalare la sua cara mamma. E che cosa fa Lucian? Non fa quello che gli chiedo. Non dice a Evelyn che sta disonorando se stesso e la sua famiglia e, cosa ancora più importante, che sta mettendo in pericolo la salute di sua madre! Quasi non riesco a mettere nero su bianco ciò che ha fatto, ma lo farò, per voi. Lucian gli ha chiesto quanti soldi avevano gettato nel suo cappello e se erano sufficienti per comprare una buona bottiglia di vino. E poi si sono messi a ridere insieme, come due monelli. E questo mi ha fatto infuriare ancora di più! E non una parola di avvertimento che sia uscita dalle labbra di Lucian. È tremendamente mortificante.

E non fatemi cominciare con Evelyn e le sue donne, perché non c'è niente da dire.

Mi chiedo perché non conduca una vita dissoluta e non dia la caccia alle donne e non si comporti come ogni uomo? Perché è il comportamento normale per i nostri figli a questa età, no? Come, mentre siete in Inghilterra, Alston si sta facendo una reputazione nei salotti per il suo *penchant* per una particolare ballerina dell'Opera, o è una cantante? Non importa. Ciò che importa, è che si stia facendo una reputazione. Ed è così che dovrebbe essere per il figlio di un duca. Ma l'unica reputazione che si sta facendo mio figlio è quella di un sospetto *petit maître*! Ve lo dico, Antonia, sono mortificata e segretamente affranta perché, se fosse vero, non avrei mai dei nipotini. E devo avere dei nipotini, perché che cosa ci resta nella vecchiaia se non abbiamo dei piccolini per cui preoccuparci?

Perché la vita è così crudele con me? È possibile che Evelyn sia così crudele verso la sua mamma da preferire il suo stesso sesso invece di dividere il letto con una donna? Ovviamente Lucian dice che ho la testa piena di paure infondate e di stupidaggini, e che dovrei smetterla di ascoltare i pettegolezzi nel salotto di Julie Charmond.

Dice che sa da fonti sicure che nostro figlio è un visitatore abituale di un particolare bordello non lontano da qui, che riceve esclusivamente nobiluomini. Gli ho detto che non gli credevo, nemmeno per un momento, e che avrei dovuto averne le prove. Lucian ovviamente non aveva le prove e si è precipitato fuori dal mio spogliatoio, borbottando che la sua parola non valeva abbastanza, con la faccia tutta rossa.

Ora, ripensando a quella conversazione, credo che sia lui stesso la sua fonte! E che quella reazione, di precipitarsi fuori dal mio boudoir, forse ci sia stata perché anche lui, Lucian, ha ingaggiato una spia per controllare nostro figlio. E questo perché lui, come me, era preoccupato che nostro figlio potesse non essere portato per le donne in quel senso. Ma scoprire che nostro figlio visita un bordello che si occupa di nobiluomini che desiderano le donne ha, sì, reso Lucian meno preoccupato riguardo alle predilezioni di Evelyn, ma troppo imbarazzato per dirmi come aveva scoperto questa informazione, temendo che pensassi che avesse messo qualcuno a spiare nostro figlio.

Mon Dieu, ma nella mia famiglia siamo tutti imbecilli, ciascuno a modo suo. Sto di nuovo ridacchiando pensando alla nostra stupidità.

Antonia, non posso continuare a scrivere nemmeno una riga. Ho la testa che si spacca, questa volta per il gran ridere, che mi indebolisce. Ma dovreste essere contenta di sapere che sono, che siamo tutti, molto felici. Ma ci mancate, voi e la vostra famiglia.

Tutto il mio amore e baci a Henri-Antoine, a Roxton e a voi, mia carissima sorella. Per favore, affrettatevi a tornare a casa.

Devotamente vostra,
Estée

Matrimonio di Mezzanotte
Lettera 5

L'onorevolissimo marchese di Alston, Bess House, Lake Windermere, Cumbria, Inghilterra, a Sua Grazia, il nobilissimo duca di Roxton, Hôtel Roxton, Rue St. Honoré, Parigi, Francia.

Bess House, Lake Windermere, Cumbria, Inghilterra
Novembre, 1769

Carissimo papà, spero che questa breve missiva trovi voi e la mamma in buona salute come al solito, e Harry in salute migliore rispetto alla vostra ultima lettera, nella quale mi avete riferito che aveva sofferto di due attacchi in due settimane.

Ma era prima che Jack Cavendish venisse a stare con voi, e ho fiducia che con il suo miglior amico per compagnia, non si esaurisca tanto. Jack è un ragazzo vivace ma ha anche un buon carattere, come avrete certamente già scoperto. Sono fiducioso che solleverà lo spirito di Harry e forse lo distrarrà abbastanza dalla sua malattia da divertirsi a essere solo un ragazzo, e non un invalido introspettivo. Dategli per favore un bacio e tutto il mio amore. Ditegli che il suo fratellone sta esercitandosi al tiro con l'arco, così che quando verrò a Parigi, avrà la possibilità di aumentare il suo vantaggio nei miei confronti. Credo siamo tre a uno in quanto a centri perfetti.

Non so quand'è stata l'ultima volta in cui avete avuto l'opportunità di visitare Bess House, qui in Cumbria. Dato che non ricordo di aver mai messo piede così al nord, e che mamma non ha mai menzionato questo posto, posso solo presumere che non abbiate mai messo piede nella vecchia dimora elisabettiana della madre di vostro padre, la quarta duchessa di Roxton, Lady Elizabeth Strang Leven ai tempi in cui lei risiedeva qui. C'è un suo ritratto sulla parete e un altro di suo fratello e dei suoi due cugini maschi più vicini, tutti gentiluomini di bell'aspetto, se non fosse per quegli stupidi capelli. Portano tutti quelle lunghe parrucche in voga al tempo di Carlo II, con abbastanza capelli sugli scalpi da coprire le pelate di sei vergini! Sembrano barboncini. Ma la vostra nonna è una bella donna, con gli occhi scuri che attirano l'attenzione e quindi la rendono indimenticabile. Se non sbaglio, è da lei che avete ereditato i vostri occhi.

Ma sono sicuro che non siate interessato agli occhi di vostra nonna, o a ciò che posso dirvi della tenuta che non sappiate già dai rapporti mensili che vi manda l'amministratore. Ciò che farò notare, come terzo interessato, è che i Dunnes tengono in buone condizioni questo posto, anche se, nonostante la loro assoluta dedizione, il giardino topiario dovrebbe usufruire dei consigli di un buon giardiniere e i muscoli di una squadra di uomini per riportare le siepi al loro passato splendore. Quindi ho dato il permesso ai Dunnes di assumere questi uomini e anche di ricostruire il molo, incendiato ai tempi della ribellione del '45, quando la casa è stata occupata dai ribelli ed è poi servita da alloggio per qualche tempo per l'esercito.

Chiedo il vostro permesso per portare la mia famiglia a vivere qui. Sì, padre, la mia famiglia. Perché sono deciso a che il mio matrimonio sia un successo. Sarete lieto di leggere che non è più un matrimonio solo di nome. Certo, era un'unione combinata, nata dalle circostanze più difficili ma, da quando ho portato qua Deborah, è irrilevante come sia nato il nostro matrimonio. Spero che, una volta che sia al corrente di questa circostanza, anche mia moglie penserà che sia un'inezia. Ciò che importa è il presente, e il futuro.

So che, quando ci avete fatto sposare, i criteri per la scelta di Deborah come mia sposa furono il suo lignaggio e la sua età, senza tener conto del suo aspetto, del suo carattere o della sua intelligenza. Le nostre idee e i nostri sentimenti furono messi da parte come irrilevanti.

Eppure, posso dire ciò che è ovvio. Quando avete sposato la mamma, tutto deve essere stato incentrato sui sentimenti. Avete sposato una donna degna del vostro esaltante rango e delle vostre aspettative, una donna non solo dotata di grande bellezza fisica, ma i cui pensieri e le cui azioni riflettevano la sua bellezza interiore e la cui mente superiore era all'altezza della vostra.

Non sto soffermandomi su questo argomento per causarvi dolore ma per rassicurare voi e la mamma che, nonostante le circostanze del nostro matrimonio, sono piuttosto sicuro di aver trovato anch'io, in Deborah, una compagna all'altezza delle mie aspettative. Spero che questo vi tranquillizzi. Ora, se solo riuscissi a essere io all'altezza delle aspettative di mia moglie, come marito e come padre dei nostri futuri figli, sarei appagato. È così che vi sentite con la mamma, appagato? È una parola che non avrei mai pensato di usare parlando del mio matrimonio, eppure adesso è l'unica parola che spero di usare per il mio futuro con Deborah.

Il che mi riporta al motivo di questa lettera. Vi chiedo scusa, ma non posso dirvi quando potrò tornare a Parigi. Mi piacerebbe poter dire che siamo per strada. Ma non è così. Non ho intenzione di porre fine al tempo passato con la mia sposa per soddisfare i capricci di un avvocato francese e le bugie della figlia petulante di un *Fermier-Général*. Verrò quando sarò pronto, quando saremo pronti.

Non posso partire fintanto che non sarò sicuro che Deborah accetterà il mio piccolo inganno, perché non sa ancora chi sono e non ho ancora trovato il momento giusto per confidarglielo, per confessarglielo. Esito ancora a farlo. Deborah ha bisogno di più tempo per conoscermi completamente e quindi, quando finalmente le rivelerò il mio vero status sociale, giudicare da sola che non potrei mai essere il mostro libidinoso descritto dai giornali francesi e da quelli che cercano di distruggere la mia credibilità e il buon nome della mia famiglia.

Quindi declino cortesemente la vostra richiesta di presentarmi immediatamente a Parigi. Invece imploro la vostra indulgenza perché capiate che mia moglie e io siamo in un momento delicato in queste prime settimane della nostra unione. Quando sarò sicuro che mia moglie abbia completa fiducia in me, e avrò trovato il coraggio di dirle la verità, solo allora lascerò questo posto e tornerò a Parigi ad affrontare i miei accusatori.

Mi dispiace di causare a voi e alla mamma ansie immotivate, ma so che entrambi capirete quanto questo sia importante per me e per il futuro del ducato di Roxton.

Il vostro affezionato figlio,
Julian

Matrimonio di Mezzanotte
Lettera 6

Sir Gerald Cavendish Bt., Abbey Wood via Bisley, Gloucestershire, Inghilterra, a Sua Grazia, il nobilissimo duca di Roxton, Hôtel Roxton, Rue St. Honoré, Parigi, Francia.

Abbey Wood via Bisley, Gloucestershire, Inghilterra
Febbraio, 1770

Milord,

È con grande preoccupazione che vi riferisco la più sfortunata delle notizie. Spero che, leggendo questa lettera, non penserete male del vostro corrispondente, perché sono solo un messaggero e, come tale, sono deluso, no, furioso, con mia sorella, se posso effettivamente chiamarla così dopo la sua tremenda mancanza di buone maniere e sentimenti, quanto dovete esserlo voi leggendo questa missiva.

Mi rattrista dovervi comunicare, milord, che ogni tentativo da parte mia di persuaderla, non è servito a farle lasciare la sua casa di Bath per venire a Parigi e prendere il suo legittimo posto al fianco del suo stimato marito. Ho passato ore cercando di farle capire qual è il suo dovere nei confronti della vostra famiglia, ma invano. Rifiuta testardamente di accettare un'opinione diversa dalla sua. Alla mia terza visita in altrettanti giorni mi ha negato l'accesso a casa sua. A me!, suo fratello, i servitori hanno negato l'accesso. Sono sicuro che sarete esterrefatto come lo sono stato io a un simile evento, e pensare che quei servi hanno avuto l'audacia di girare la chiave nella serratura e lasciarmi per strada ad aspettare una risposta. L'impudenza di una simile azione mi ha quasi fatto girare sui tacchi per andarmene. Poi ho ricordato la cosa più importante, che vostro figlio, Lord Alston, ha bisogno che sua moglie lo raggiunga a Parigi, per mostrare una famiglia unita in questo momento così inquietante. Così ho aspettato sul marciapiedi per cinque minuti buoni, con i passanti che mi fissavano, che mia sorella mi permettesse di entrare. Immaginatevi il mio disgusto quando mi è stato detto, e con un urlo attraverso la porta, nientedimeno, che mi rifiutavano il permesso di entrare e che non c'era niente da aggiungere alle conversazioni avute durante le mie due visite precedenti.

Ho poi visitato il medico di Deborah, nella speranza che il dottor Medlow si dimostrasse più ragionevole e risolvesse il mistero della malattia di cui soffre mia sorella. Quell'uomo non ha voluto dirmi nient'altro se non che mia sorella era in effetti malata. Ha avuto l'impudenza di aggiungere che sarebbe stato meglio per la sua salute e il suo benessere che restassi lontano da Milsom Street! Posso ben immaginare il vostro sguardo disgustato, caro duca, nel leggere che un membro della professione medica abbia avuto l'audacia di dare un consiglio a un baronetto! Ho minacciato di farlo radiare dall'albo. Gli ho fatto capire chi stava sfidando: in realtà voi, Vostra Grazia. Ma niente è riuscito a smuoverlo e a fargli dire niente oltre a quello che mi aveva già detto. E mi ha congedato!

Quando ho visitato Deborah, nelle due precedenti occasioni in cui mi hanno permesso l'accesso, lei è rimasta prostrata sulla dormeuse, non mi ha rivolto la cortesia di un saluto e ha appena aperto un occhio per vedere chi fossi. Era come se persino quel piccolo gesto fosse troppo per lei, perché ha subito portato il fazzoletto alla bocca e ha voltato la faccia verso il cuscino, con una drammaticità degna della signora Woffington!

Sono dell'opinione che sia tutto uno stratagemma per guadagnare tempo mentre si consulta con un avvocato ben disposto verso la sua causa, per cercare di ottenere la separazione da suo marito. Perché è questo che intende fare, Vostra Grazia. Sono ancora sconvolto al pensiero! Va oltre la mia capacità comprendere perché voglia prendere le distanze da una tale illustre famiglia. Niente che potessi dire, in particolare facendo presente la lieta notizia che un giorno sarebbe stata una duchessa, e non una duchessa qualunque, ma la duchessa di Roxton, ha suscitato in lei qualcosa più di un gemito, come se l'idea stessa le facesse male fisicamente. Poi le ho detto senza mezzi termini che perfino dare inizio a un procedimento simile avrebbe portato alla sua rovina e, insieme, alla rovina del buon nome dei Cavendish, attirando un'attenzione indesiderata sul ducato di Roxton. E a quel punto lei ha solo voltato la faccia dall'altra parte e ha borbottato qualcosa di inintelligibile nel cuscino, che la sua cameriera ha interpretato come il desiderio che io lasciassi la sua padrona da sola con la sua sofferenza.

Prego Vostra Grazia di credermi quando dico che, anche se lei è mia sorella, la mia lealtà è e sarà sempre per voi e per la vostra famiglia. Oso chiedervi perdono per l'oltraggioso comportamento di mia sorella. Spero che il suo irragionevole comportamento non si rifletterà in alcun modo sulla mia persona e sulla mia lealtà, e che l'invito che la vostra cara duchessa ha esteso a mia moglie e a me, di raggiungervi a Parigi per i festeggiamenti per il matrimonio del Delfino di Francia con la principessa austriaca Maria Antonietta, resti valido.

Lady Mary e io aspettiamo con piacere di unirci a voi e alla cara duchessa in primavera.

Il vostro più obbediente e umile servitore,
Gerald Cavendish Bt.

Matrimonio di Mezzanotte
Lettera 7

Mme la Duchesse de Roxton, Hôtel Roxton, Rue St. Honoré, Parigi, Francia, al signor Martin Ellicott, Esq., Moran House, the Bath Road, Avon, Inghilterra.

Hôtel Roxton, Rue St. Honoré, Parigi
Marzo, 1770

Carissimo Martin,

conto i giorni che mancano al vostro arrivo. So di essere egoista a desiderare che siate qui adesso, prima che arrivi il resto della famiglia, per potervi avere tutto per noi almeno per qualche giorno. Ma spero ancora che succeda, quando gli altri se ne andranno alla fine dei festeggiamenti parigini per il matrimonio del nipote del re con la sua principessa austriaca.

Nessuno, eccetto Monseigneur, mi conosce meglio di voi, mio carissimo amico. E quindi, quando vi dico che solo una settimana fa, il nostro desiderio e la nostra speranza sono finiti un'altra volta in nulla, capirete quanto sia inconsolabile. Ero convinta che questo piccolino si sarebbe aggrappato alla vita e sarebbe cresciuto, e che saremmo stati benedetti con un bambino all'inizio dell'autunno. Ma, purtroppo, non era destino e ho perso il *bébé* all'undicesima settimana.

Questa volta non abbiamo detto a nessuno che ero *enceinte*. Lo sapevano solo le mie donne, ovviamente, e abbiamo pregato per quello che ora è certamente una cosa impossibile. Avevamo intenzione di dirlo a Julian, se il *bébé* avesse superato i primi mesi di gravidanza Non mi sono confidata con Estée o Vallentine, solo con voi. Perché ricordate che vi ho raccontato della loro reazione alla notizia che ero incinta meno di due anni fa? Sono rimasta sbalordita nel sentire entrambi dire che Monsieur le Duc era troppo vecchio per essere nuovamente papà, ed Estée è arrivata addirittura a suggerire che alla nostra età non dovremmo fornicare del tutto. Ha usato la parola indecente. *Incroyable*! Non mi interessa sapere che cosa succede nell'intimità della loro camera e quindi ciò che succede nella mia non è affar loro. Anche se mi riterrete scandalosa, ma non diversa dal solito, quando vi dirò che ho risposto a Estée che per noi ogni notte è come se la luna di miele non fosse mai finita. A quel punto la mia povera sorella è quasi svenuta e stava per cadere dalla sedia! E ammetto che io sono scoppiata a ridere, e anche Renard quando, quella sera, gli ho raccontato della mia provocazione.

I miei figli sono il mondo per me e forse ancor più ora, dopo questo ultimo aborto. Sono così distanti per età, il primo così voluto e festeggiato, il secondo altrettanto voluto, dopo una così lunga attesa, che mi consolano dopo il crepacuore di cinque piccolini (e ora un sesto) che ci sono stati portati via prima che fossero formati, e per ragioni che solo Dio conosce. Non come avrebbe detto mia nonna, e ora sembra che anche Estée la pensi allo stesso modo, a causa della differenza di età tra Renard e me. Una teoria assurda e malevola. È sbagliato da parte mia desiderare che mia nonna fosse vissuta abbastanza a lungo da vedere la nascita di Henri-Antoine? Giusto per poterle fare un dispetto? No! È una cosa orribile da desiderare e mi dovete perdonare. Sto ancora soffrendo e non sono me stessa. Vi prometto che sarò guarita quando arriverete, perché mi fate sempre sentire meglio.

Una mia lettera non sarebbe lei, vero?, se non parlassi del mio ragazzino e dei suoi attacchi. Ci preoccupa costantemente. Non solo per via degli attacchi mensili, a volte settimanali, che fanno irrigidire il suo corpicino, sgranare i suoi occhi scuri e mi danno le palpitazioni, perché mi chiedo se questa sarà la volta in cui smetterà completamente di respirare! Ma il dottor Bailey è fiducioso che con l'età e un'attenta gestione, gli attacchi diminuiranno di frequenza e di severità. Possiamo solo credergli sulla parola.

Monsieur le Duc, come sapete, non è un tipo da mostrare pubblicamente le sue emozioni, e quindi nasconde bene quanto lo tocchi la sofferenza di Henri-Antoine. Come sempre è calmo e controllato, risultato di una vita di applicazione, anche se io so che, dentro di sé, lui sta andando in pezzi. Credo veramente che sia la voce di Renard che ha un effetto calmante su nostro figlio. Non lo sto immaginando, quando dico che, anche se la gravità è la stessa, gli episodi non durano così a lungo quando lui parla in quel modo tranquillizzante a Henri-Antoine. Anche il dotto Bailey la pensa allo stesso modo.

Quindi, mentre io mi torco le mani e cammino avanti e indietro dove il mio carissimo piccolino non può vedermi, lì c'è Monsieur le Duc, seduto accanto a lui, che gli tiene le dita e gli accarezza la fronte liscia con una mano fresca. E per tutto il tempo gli parla in tono dolce, e in inglese, cosa che, per qualche sconosciuta ragione, rende ancor più profondo il suo tono di voce già profondo di sé. Sentirlo parlare in quel modo rassicurante mi fa gonfiare il cuore e venire le lacrime agli occhi. Henri-Antoine non ha mai detto a nessuno di noi se sente ciò che gli dice il suo papà, solo che sa che papà è lì con lui. Non so nemmeno la metà di ciò che gli dice Renard, non perché non capisca il suo inglese, ma perché sono così agitata che faccio fatica perfino a pensare. Ma sapete, Martin, la voce di Monsieur le Duc ha lo stesso effetto su di me e, presto, mi calmo anch'io.

Noi, Henri-Antoine e io, ascoltiamo le storie di Renard da ragazzo, quando lui e Vallentine erano discoli a Eton; o ai tempi del Grand Tour, quando facevano le gare sui cammelli lungo le rive del Nilo; o quando fecero il passo del Moncenisio, portati dai Marrons, che sono abitanti locali, su sedie speciali, ed erano così intenti a fare a gara sulla neve che i Marrons persero l'equilibrio perché correvano troppo forte e quasi finirono tutti giù dal fianco della montagna e incontro alla morte. E questo, lui lo racconta a Henri-Antoine, con voce tranquilla, come se fossero avvenimenti quotidiani. E ciò che mi spezza il cuore è che finisce tutte le volte questi racconti con lo stesso desiderio: che quando Henri-Antoine sarà cresciuto, lui faccia le stesse cose da discolo con il suo miglior amico, e che niente farà più felice il suo papà che leggere le lettere che raccontano le loro marachelle.

Ma ora ho un'altra preoccupazione e, Martin, dovrete essere sincero quando vedrete Monsieur le Duc e dirmi se lo vedete cambiato e se il suo aspetto non è peggiorato, rispetto a quando lo avete visto a Natale. Non vuole dirmi qual è il problema e dice non è niente. Che ha compiuto sessantadue anni ed è naturale vedere più spesso i suoi medici. Ma io so che mi sta nascondendo qualcosa! Lo so! Ditemi voi, quando è stata l'ultima volta che non è uscito per la sua cavalcata mattutina, se non prima di colazione, almeno a metà mattina? E in questi ultimi tre mesi è stato in sella solo una dozzina di volte o meno. E non respira come dovrebbe. Anche se fa del suo meglio per nascondermelo. A me! Perché? Perché dovrebbe all'improvviso cominciare a nascondermi le cose, quando non lo ha mai fatto prima? Quindi voi sarete sincero quando le vedrete e mi direte che non sto immaginando che gli manca un po' il fiato e che sembra stanco.

Certo, può essere tutto a causa della tensione che gli causa questo ridicolo processo e le accuse contro Julian, cui non riesce a non pensare. Manca anche a me il fiato, ma per la rabbia di pensare che un *Fermier-Général* abbia l'impudenza di portare mio figlio davanti a un tribunale, e per una cosa che so che non ha commesso. Pensare che è su tutti i giornali qui, e che permettono che si pubblichino queste calunnie, è perfino più di quanto permetterebbero i giornali inglesi. Sono convinta che ci sia uno scopo più profondo in tutto questo che non solo l'infatuazione di una stupida ragazzina per mio figlio e il desiderio di un *Fermier-Général* di elevare la sua famiglia ai ranghi della nobiltà: due cose che hanno la stessa possibilità di succedere quanto che gli asini volino davanti alla mia finestra!

Voi mi dite che nostro figlio è incapace delle azioni descritte nella stampa francese, che ha troppo senso dell'onore, troppo orgoglio, che non gli sarebbe mai entrato in testa di voler sedurre una ragazza, specialmente una della borghesia. E voi conoscete nostro figlio quanto i suoi genitori! Penso che sappiate anche che Julian è un puritano e moralmente casto. Se Monsieur le Duc non mi avesse confidato l'*affaire* di nostro figlio con la bella moglie di quel diplomatico russo, *moi*, avrei pensato che fosse completamente ignorante in quel senso quando è partito per la sua luna di miele! Ma sono contenta che non lo fosse, per il bene di sua moglie. Il che mi porta a dirvi che ho fatto tesoro della lettera che ci avete inviato al ritorno di Julian dalla Cumbria con Deborah.

Ci ha reso felici sapere che finalmente sono veramente marito e moglie. Che lui l'abbia portata tra i boschi di Lake Windermere per una vera luna di miele fa ben presagire per l'inizio del loro matrimonio, giusto? Che mi diciate che nostra nuora è innamorata di Julian mi fa sentire molto meglio riguardo alla loro unione. Come sapete, ero molto scontenta che Renard avesse fatto sposare Julian in quel modo, e se fosse risultato che Deborah non era di suo gradimento, o lui di lei, avrei accettato volentieri di vederli separati prima che la loro unione fosse consumata.

Che le cose non siano andate come speravamo, con Deborah che resta in Inghilterra, per ciò che io credo sia testardaggine, non riesco a biasimare lei. Ha tutti i diritti di essere infuriata con Julian per averle mentito riguardo al suo rango. Perché non ha trovato un momento mentre erano in luna di miele per confessarle tutto? Non c'è posto migliore del letto nuziale per una confessione simile e quindi non riesco a capire come mai mio figlio non sia stato capace di parlare con la sua sposa. Ma è giovane e, sospetto, piuttosto timido, quindi ha molto da imparare sull'essere un amante e un marito, e solo la sicurezza di sé e il tempo potranno insegnargli. Non sarò una madre invadente e prego che riescano a aggiustare le cose tra di loro, e prima che Monsieur le Duc si arrabbi veramente per il comportamento di entrambi. Simpatizzo con la sua frustrazione per l'idealismo di Julian, ma è meglio che sia se stesso e così ho detto a Renard.

Affrettatevi a venire. Henri-Antoine chiede di suo zio Martin. A Julian servirebbero i vostri saggi consigli, perché è un'altra voce che può fargli capire la ragione. E Renard e io dobbiamo avere il vostro sostegno per superare la prova che dovremo affrontare con il processo. E, ovviamente, Vallentine non si sentirebbe amato se non lo prendessi in giro e voi non mi sosteneste a suo discapito!

Bon voyage, mon cher et bon ami,
Antonia Roxton

Matrimonio di Mezzanotte
Lettera 8

Il molto onorevole marchese di Alston, Hôtel Roxton, Rue St. Honoré, Parigi, Francia, al signor Martin Ellicott, Esq., Moran House, the Bath Road, Avon, Inghilterra.

Hôtel Roxton, Rue St. Honoré, Parigi
Ottobre, 1770

Carissimo Martin, ho un figlio! Un maschietto sano, perfetto in tutti i sensi, con una criniera di capelli scuri e un paio di polmoni che funzionano benissimo! I suoi pianti vigorosi sono una gioia per le orecchie, anche alle quattro del mattino, quando sveglia la sua mamma e il suo papà, chiedendo di essere nutrito. Non mi infastidisce assolutamente e, visto che Deb ha insistito ad allattarlo, lui passa la maggior parte del suo tempo a letto con noi, con viva costernazione di Tante Estée che non riesce a capire perché non abbiamo assunto una balia e perché, in nome di tutto ciò che è sacro, dovremmo volere un bambino urlante ed esigente (parole sue non mie) accanto a noi per tutto il tempo.

Ma io non riesco a smettere di guardarlo. Sono ancora stordito dalla felicità al pensiero che sia mio e di essere un padre. Potete ben immaginare come il mio carissimo papà si senta, sapendo che ora ci sono due generazioni dopo di lui.

Ma lasciate che vi dica che Deborah sta bene. Ha sofferto un lungo travaglio, che mi dicono essere normale per una prima gravidanza.

E anche se ha imprecato sonoramente contro di me, e io lo meritavo, è stata coraggiosissima e si sta riprendendo veramente bene. Il medico ha detto che si è trattato di un travaglio relativamente facile, tutto considerato, il che fa ben sperare per le prossime gravidanze. Oh, non è me che dovete rimproverare perché penso ai figli che devono ancora arrivare. È stata Deb, con aria molto compiaciuta, a dirmi quello che le aveva raccontato il medico!

Vi sconvolgerebbe sapere che sono stato con Deb durante tutta quest'esperienza traumatica? È stata la più sorprendente delle esperienze. Sono stato preso da un'ansia talmente forte quando sono cominciati i dolori e stavo soffrendo l'agonia di sentire le sue urla dall'altra parte della porta, senza sapere che cosa le stesse succedendo e se fosse in qualche modo in pericolo. Penso di aver consumato il tappeto turco fino alla trama!

È facile, a posteriori, dire che le urla di Deb erano normali e non un segno di pericolo ma, in quel momento, mi sentivo completamente inutile con tutti quei pensieri e quelle orribili immagini che mi frullavano per la testa e ho pensato che sarei svenuto. E poi papà mi ha detto la cosa più sorprendente. Mi ha chiesto perché non fossi là a sostenere mia moglie in un momento simile, e non volevo assistere alla nascita di mio figlio? Lui non avrebbe perso per nulla al mondo l'esperienza di essere presente alla mia nascita. Mi è sembrato che la testa si staccasse dal collo sentendo quelle parole, ve lo giuro. Devo averlo guardato come se avesse due teste, e c'è voluta la risata della mamma, che mi diceva di smetterla di essere un pezzo di legno e di andare da Deborah, prima che fosse troppo tardi. Era la spinta che mi serviva!

Abbiamo rotto con la tradizione e abbiamo dato a nostro figlio tre nomi che non sono collegati alla parte Roxton della famiglia. Frederick, per il papà della mamma, George, per il papà di Deb, e

Martin, per voi, *mon parrain*. Spero che siate contento dei nomi di nostro figlio come lo siamo noi, e, in effetti, anche papà e mamma.

Vedere Frederick tra le braccia di suo nonno mi fa venire le lacrime agli occhi, perché il volto di papà assume un colorito sano, c'è quella scintilla nei suoi occhi e sembra il vecchio lui. Ovviamente, la mamma è completamente stregata ed è talmente, naturalmente, materna, che è già assolutamente la persona preferita da Frederick. Ovviamente Henri-Antoine e Jack sono ambivalenti, e vedere i ragazzi fare una smorfia e guardarsi con mutuo orrore quando Frederick comincia ad agitarsi, come se i vagiti di un bambino equivalessero alla peste, ci fa ridere tutti di cuore. Come vorrei che foste qui con noi. Non vedo l'ora che ci raggiungiate a Treat per Natale e il battesimo.

Vi mandano tutti il loro affetto. In particolare Deb.

A bientôt, mon cher parrain,
Julian

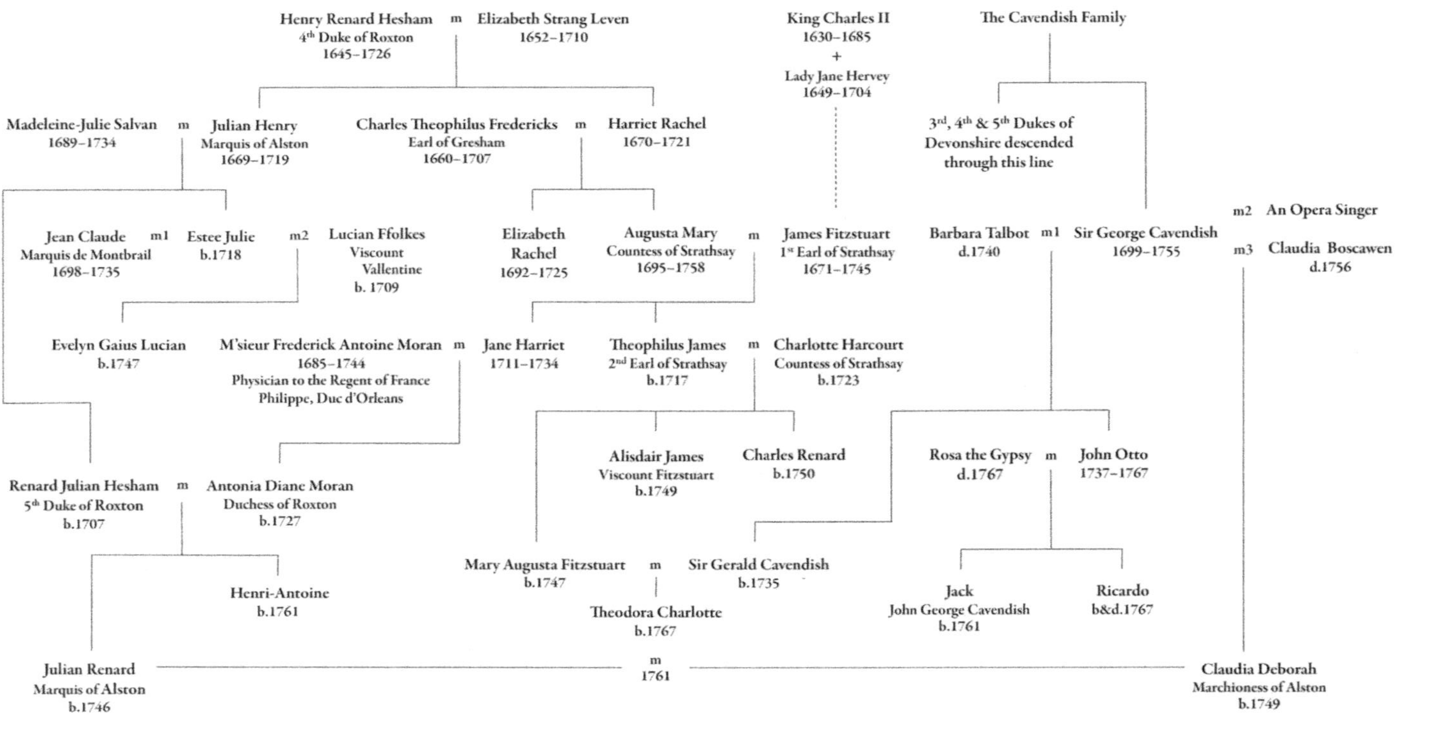

Henry Renard Hesham
4th Duke of Roxton
1645–1726
m
Elizabeth Strang Leven
1652–1710
King Charles II
1630–1685
+
Lady Jane Hervey
1649–1704
The Cavendish Family
Madeleine-Julie Salvan
1689–1734
m
Julian Henry
Marquis of Alston
1669–1719
Charles Theophilus Fredericks
Earl of Gresham
1660–1707
m
Harriet Rachel
1670–1721
3rd, 4th & 5th Dukes of
Devonshire descended
through this line
m2
An Opera Singer
Jean Claude
Marquis de Montbrail
1698–1735
m1
Estee Julie
b.1718
m2
Lucian Ffolkes
Viscount
Vallentine
b. 1709
Elizabeth
Rachel
1692–1725
Augusta Mary
Countess of Strathsay
1695–1758
m
James Fitzstuart
1st Earl of Strathsay
1671–1745
Barbara Talbot
d.1740
m1
Sir George Cavendish
1699–1755
m3
Claudia Boscawen
d.1756
Evelyn Gaius Lucian
b.1747
M'sieur Frederick Antoine Moran
1685–1744
Physician to the Regent of France
Philippe, Duc d'Orleans
m
Jane Harriet
1711–1734
Theophilus James
2nd Earl of Strathsay
b.1717
m
Charlotte Harcourt
Countess of Strathsay
b.1723
Alisdair James
Viscount Fitzstuart
b.1749
Charles Renard
b.1750
Rosa the Gypsy
d.1767
m
John Otto
1737–1767
Renard Julian Hesham
5th Duke of Roxton
b.1707
m
Antonia Diane Moran
Duchess of Roxton
b.1727
Mary Augusta Fitzstuart
b.1747
m
Sir Gerald Cavendish
b.1735
Henri-Antoine
b.1761
Theodora Charlotte
b.1767
Jack
John George Cavendish
b.1761
Ricardo
b&d.1767
Julian Renard
Marquis of Alston
b.1746
m
1761
Claudia Deborah
Marchioness of Alston
b.1749

LE LETTERE DI 'DUCHESSA D'AUTUNNO'

Duchessa d'Autunno

Lettera i

Sua Grazia il nobilissimo duca di Roxton, Treat via Alston, Hampshire, al molto onorevole marchese di Alston, Bess House, Lake Windermere, Cumbria.

Treat
Novembre, 1773

Figlio mio, sono così fiero di te, come figlio, marito, padre e come gentiluomo. Sei l'uomo che avrei dovuto essere alla tua età, ma io non avevo mai veramente accettato il mio destino finché non ho incontrato tua madre.

Tu sarai un duca di Roxton meritevole e un nobile molto migliore di quanto sia mai stato io. È così che dovrebbe essere. La generazione che segue dovrebbe sempre cercare di essere migliore di quella precedente.

Elogio la forza di carattere che ti porta a essere te stesso. Hai dovuto sopportare il peso di vivere nella mia ombra per tanti anni, eppure hai proseguito per la tua strada con dignità e determinazione, per dare la tua impronta alla tua vita, come farai con il ducato. Ho piena fiducia nella tua capacità di tutelare un legato che risale ai tempi della buona regina Bess. Molto tempo dopo che anche tu te ne sarai andato, i tuoi discendenti ti ricorderanno come un uomo buono e virtuoso, e un duca esemplare. Non potrei desiderare un uomo migliore come mio successore.

Non dovrai addolorarti eccessivamente alla mia morte. Hai il dovere di guardare sempre avanti. È il nostro destino. Perché quelli di noi nati per primi e cui sono stati affidati un grande nome e grandi proprietà da amministrare per le future generazioni, non possono permettersi il lusso di essere sentimentali. Possiamo guardarci indietro con tenerezza e assicurarci di non ripetere gli errori dei nostri padri, ma non dobbiamo mai guardarci indietro con rimpianto. È responsabilità nostra e nostro dovere guardare sempre avanti, per assicurare un futuro più radioso ai nostri figli.

In Deborah hai avuto la fortuna di trovare una moglie buona, amorevole e devota. Ti ha dato tre splendidi figli in altrettanti anni e te ne darà ancora, ne sono certo. Merita la tua fedeltà, anche solo per questo motivo. Ma tu sai bene quanto me che perché un matrimonio abbia successo, ci deve essere vera collaborazione. La felicità personale di tua moglie è di primaria importanza, come fare tesoro del tempo che passate insieme, come famiglia. Solo in questo modo il tuo matrimonio potrà rimanere saldo e servire bene voi e i vostri figli nei tempi di angoscia e di tristezza.

Sono arrivato tardi all'amore e al matrimonio. Non rimpiango la mia vita precedente ma ogni giorno, da quando ho sposato tua madre, ho solo guardato avanti, non indietro, e ho vissuto ogni giorno quasi meravigliato della mia buona sorte.

Non ho timori nel lasciare questa terra quando Dio mi riterrà pronto per entrare nel regno dei cieli. So, nel profondo del mio cuore, che ti rivedrò di nuovo nell'altra vita, dove aspetterò che tu e la mia famiglia mi raggiungiate, ma, più di tutti, dove aspetterò che tua madre sia con me per l'eternità.

Sapevi che non avrei potuto scriverti quest'ultima lettera senza parlare di lei.

Tua madre è il sole e noi siano solo i pianeti che girano intorno a lei. È lei che dà la luce, il calore e l'amore incondizionato. Senza di lei vivremmo in un posto freddo e buio.

L'ironia è che, con la mia morte, per un certo tempo, vivrete in questo posto freddo e buio. Tua madre soffrirà acerbamente la mia perdita, tanto che mi preoccupa la sua salute mentale. Solo pensare a questa conseguenza mi ha trattenuto dal tirare il mio ultimo respiro, con stupore e confusione dei miei medici, che guardano i segni fisici del mio deterioramento senza tener conto che la mia mente è resistente e tenace. Semplicemente, non ascolterà gli illustri pareri medici e continuerà ad avere il controllo del mio corpo finché il cuore o i polmoni, o entrambi, non riusciranno più a fare ciò che ordina loro e io, allora, smetterò veramente di respirare.

Anche se tua madre possiede una viva intelligenza e sa conversare, discutere e declamare su una varietà di argomenti intellettuali, generalmente considerati non alla portata del sesso debole, quando si tratta di faccende di cuore lei non ragiona più, e io sono estremamente grato per questa sua debolezza emotiva. Per lei i sentimenti sono tutto, e io, che sono stato educato a sublimare i sentimenti per il bene supremo della mia venerabile posizione di pari di questo regno, ringrazio Dio ogni giorno che lei ami così incondizionatamente e che i suoi sentimenti siano così intensi e profondi.

Ma questa non è una consolazione per te che, alla mia morte, dovrai occuparti di una vedova inconsolabile e addolorata. E proprio perché tua madre sente ogni emozione con tanta intensità, la sua mente diverrà fragile e questo, ovviamente, avrà ripercussioni inimmaginabili per te e la tua famiglia

Per il tuo bene, vorrei che non fosse così. Ma per il mio, non posso che essere grato che sia entrata nella mia vita quando lo ha fatto. Siamo stati insieme per più degli anni che lei aveva vissuto senza di me. Dal suo diciottesimo compleanno, lei non ha conosciuto un'altra vita, un altro compagno, se non me. Egoisticamente l'ho tenuta con me, sempre. Nessuno dei due poteva accettare niente di diverso. Ma per lei, che era così giovane quando ci siamo sposati, ha significato, nonostante avesse una volontà indipendente e una mente brillante, non dover mai essere emotivamente autosufficiente. Anche se, fino alla mia malattia, non lo avrei considerato necessario, perché non posso concepire una vita senza di lei.

Con mio grande sollievo e sua eterna tristezza, la mia malattia terminale significa che non dovrò mai vivere senza di lei.

Ma lei dovrà vivere senza di me. Capisci, Julian? Lei deve VIVERE. Deve continuare a vivere per molti, molti anni. Non sei tu l'uomo che glielo può far capire, quindi non tentare di farlo. Prego che ci sia qualcuno là fuori che sia degno di lei e che possa farle capire che, dopo tutto, vale la pena di vivere.

Non devi permettere che la responsabilità di tua madre e il suo lutto siano un macigno per te. Anche tu devi vivere, per tua moglie e i tuoi figli, quelli già nati e quelli che verranno. So che tu e Deborah e la vostra famiglia avrete una vita lunga, felice e appagante, e questo mi riempie di gioia. Mi hai permesso una fine pacifica, soddisfatta e senza preoccupazioni per il futuro. È un bel regalo per un genitore orgoglioso.

Non disperare, mio caro ragazzo. Vado in un posto migliore, dove mi daranno il benvenuto e sarò insieme ai miei cari genitori. E quando Dio lo vorrà, tua madre mi raggiungerà. Confido in questo ed è un grande conforto.

Ti voglio bene.
Il tuo affezionatissimo papà

Duchessa d'Autunno
Lettera 2

[*Roxton ad Antonia: la sua ultima lettera. Si ritiene che sia stata scritta qualche mese prima della sua morte nel 1774.*]

Amore mio, ho rimandato troppo a lungo la stesura di questa lettera. Per troppo tempo mi solo illuso che forse non avrei avuto bisogno di farlo. Per troppo tempo mi sono permesso di accettare come verità, come voi non avete mai rinunciato a credere, che io sono Monsieur le Duc de Roxton. Come se la mia antica nobiltà fosse una specie di armatura che mi rendeva, almeno ai vostri occhi, indistruttibile. Ah, amore mio, l'autoillusione è sempre dolceamara.

Ma sarò sempre grato a qualunque fosse il fenomeno celeste che vi ha portato, mia radiosa e delicata bellezza, nella mia vita. Dal giorno in cui ci siamo sposati dovete sapere che sono sempre stato il vostro devoto servitore. Non ho mai rivolto un solo pensiero agli anni che separavano le nostre età. Siete mia moglie, la mia compagna costante, il mio unico amore e io sono, e lo sono sempre stato, completamente e incondizionatamente innamorato di voi.

Ogni giorno con voi l'ho vissuto come se fosse un anno, e ogni ora un giorno. Avrei voluto che la nostra vita insieme durasse mille vite, per passare in vostra compagnia più ore gioiose possibili. Voi, che non siete solo stata l'amore della mia vita ma una madre meravigliosa per i nostri figli: due gentiluomini che sono una fonte quotidiana di orgoglio e meraviglia per me. Non avevo mai pensato di poter essere un padre, e di figli simili, ma sono vostri e io vedo voi in loro ogni giorno. Nei loro manierismi, nella loro bellezza, e nei loro cuori e le loro menti. Ma nonostante tutto il tempo che ho passato in loro compagnia, e in compagnia della nostra famiglia e dei nostri amici, è il tempo passato da solo con voi che ho amato di più. Quelle ore preziose quando eravamo solo noi due, nella biblioteca o nel nostro letto, semiaddormentati, io che mi svegliavo all'alba e voi che dormivate felice tra le mie braccia, mi avevano persuaso che forse il nostro tempo insieme avrebbe potuto continuare all'infinito.

Le nostre visite annuali all'isola dei cigni quasi mi avevano convinto. Se c'è un paradiso in terra, noi lo abbiamo trovato in quell'isola, vero *mignonne*? Abbiamo passato tanti momenti spensierati e felici là. Ci ha permesso di creare la beata illusione che avessimo tutto il tempo del mondo, e che il mondo fosse nostro.

Ho sempre pensato che con voi al mio fianco tutto fosse possibile e, per un tempo lunghissimo, tutto lo è stato.

Il fatto che presto raggiungerò i miei genitori ha messo in evidenza la nostra differenza di età e il dolore di separarmi da voi è acuto. Non riesco a esprimerlo a parole. È molto più terribile del disagio fisico di cui soffro. Quello è niente. Il senso di smarrimento al pensiero di essere senza di voi è così tremendo che, per un momento egoistico, ho desiderato che fossimo più vicini per età, in modo da sapere che l'attesa prima che mi raggiungiate sarà breve.

Ma quel momento è passato e mi rendo conto che con voi ho avuto tanta gioia, tanto amore incondizionato e devozione che la mia vita è stata benedetta più di quanto la maggior parte degli uomini provi in una vita intera, o dieci uomini in dieci vite. E così vado di buon grado e contento oltre questa esistenza mortale per incontrare il mio creatore, e lì aspettare che mi raggiungiate. Per me sarà solo un battito di ciglia, ma per voi…

Scrivere questa lettera è l'azione più difficile che abbia mai compiuto. Non perché abbia difficoltà a esprimere i miei sentimenti per voi, o che cosa significate per me, o come avete arricchito la mia vita in così tanti modi, ma perché so ciò che dovrete sopportare quando vi avrò lasciato.

Questo non vi aiuterà ad alleviare la vostra sofferenza, ma ve lo dico perché devo. Forse, quando i giorni diventeranno anni, troverete un po' di conforto in queste parole.

L'ironia è che, con l'arrivo della morte, si passa il tempo restante a riflettere sulla vita! E la vita per me è veramente cominciata il giorno in cui vi ho portato nella mia casa di Rue St. Honoré con una pallottola nella spalla. Fino al momento in cui quella canaglia vi ha sparato, avevo vissuto, e bene, ma non mi ero mai reso conto che la vita che stavo conducendo era emotivamente piatta. I miei sentimenti non erano mai stati impegnati se non nel modo più superficiale. Voi, mia carissima, mi avete aperto gli occhi a questo sorprendente stato di cose in un solo momento, quando ho pensato che avrei potuto perdervi per sempre, e perdere la possibilità di conoscervi meglio. Anche allora, nel momento in cui vi ho deposto sul sofà e aspettavamo il medico, c'era l'ombra di qualcosa di più, di qualcosa di diverso che non avevo ammesso per tanto tempo, ma che voi, nonostante la vostra tenera età, sapevate senza alcun dubbio essere amore a prima vista. Adesso posso riderci sopra, e scuotere la testa alla vostra testardaggine nel credere che fossimo destinati a stare insieme, e al mio altrettanto testardo rifiuto a riconoscere che il mio cuore batteva più forte alla vostra presenza perché ero innamorato di voi.

Sono ancora innamorato di voi, e il mio cuore batte ancora più forte quando entrate in una stanza, mi vedete e sorridete come se fosse la prima volta che ci vediamo da molto tempo, quando in effetti è passata solo un'ora da che ci siamo divisi, dopo il pranzo. E quando correte da me in una nuvola di seta e dolce profumo per stringervi a me, con il mento alzato per ricevere il bacio che sapete non posso rifiutarvi, a dispetto di chi c'è nella stanza, il mio cuore non solo batte più forte, canta per la gioia di sapere che mi amate tanto.

Voi che mi avete sempre capito, accettato come sono e amato incondizionatamente e così intensamente che ora, anche mentre sto scrivendo, la mia mano trema per l'incredibile emozione. Com'è possibile che solo voi siate stata capace di vedere oltre la mia arroganza, vedere l'uomo che voleva, no, che aveva bisogno dell'amore e della fedeltà di una donna sincera, che potesse dargli un porto sicuro, una casa. Sapete che non parlo di malta e mattoni ma del cuore, il vostro cuore, mio tesoro, dove ho vissuto come il più felice e contento degli uomini, nutrito dall'amore che provate per me, per oltre un quarto di secolo.

E ora che è quasi arrivato il tempo per me di lasciarvi (ecco, l'ho messo nero su bianco) continuo a non accettare la realtà. Il mio corpo, così com'è, mi dice di lasciarmi andare, di arrendermi all'inevitabile per poter essere in pace. So che allora andrò in un posto migliore, che rivedrò mio padre perso quando avevo solo dodici anni, e mia madre, la donna più amorevole e devota, che ho perso troppo presto, e pianto profondamente.

Eppure, la mia mente vuole che resista e cerca di convincermi che perfino un solo giorno in più con voi al mio fianco vale l'eternità che mi aspetta con le persone che ho amato. Resisterò con tutta la forza che mi resta, per voi. Così che abbiate un giorno in meno per piangere. Così che non dobbiate soffrire la desolazione e il dolore inimmaginabile di essere divisi su questa terra.

Voi non lo dite. Non ne parliamo. È come se mantenendo il silenzio, questa cosa se ne potesse andare da sola. Ma lo vedo riflesso nei vostri adorabili occhi (oh, come adoro quegli scintillanti gioielli color smeraldo) quando pensate che sia distratto o che stia riposando. Mi è sempre piaciuto guardarvi mentre conversate, vedere l'effetto meraviglioso che avete sugli altri. Si accende una luce nei loro occhi, sorridono e si sentono meglio solo per aver passato un po' di tempo in vostra compagnia. E anche questo mi riempie il cuore di gioia. Avete sempre avuto il dono di rendere felici e mettere gli altri a loro agio e, quando si congedano, vedo che la loro autostima è cresciuta.

Come posso dirvi di non piangere? So che lo farete. Un amore come il nostro non finisce, né può essere negato. Se fossi io al vostro posto sarei inconsolabile, folle di dolore e incapace di vivere la vita di tutti i giorni già da tempo. Eppure, voi avete fatto del vostro meglio per assicurarvi che la vita continuasse come il solito, per me, per i nostri figli e la nostra famiglia, e lo avete fatto per tre interminabili anni. Fosse anche solo per questo, mi prostro ai vostri piedi, umile davanti alla vostra forza di carattere e alla vostra sopportazione.

Ciò che vi chiedo, mio prezioso tesoro, è che quando chiuderò gli occhi per l'ultima volta, voi usiate la vostra forza di carattere per continuare a vivere. Come potrei aspettarvi sapendo che vivete nella tristezza e nella disperazione, e tutto solo perché la mia malattia e l'età mi hanno portato via da voi prima che foste pronta a lasciarmi andare? Sapete che aspetterò che mi raggiungiate e che quando lo farete avremo un'eternità da passare insieme. Quindi questi pochi anni separati non saranno niente. Non sprecateli piangendo per me. Dovete vivere per i nostri figli e i nostri nipoti, che hanno tutti bisogno di voi.

E quando non avrete più lacrime, voglio che apriate la mente e il cuore alla possibilità di amare e di essere amata da un altro. E anche se questo stupido vecchio satiro è preso da un'irragionevole gelosia al solo pensiero della sua adorata tra le braccia di un altro, vi imploro di prendere un amante. Voi, delizia del mio cuore, siete una creatura sensuale, che merita tutte le attenzioni che un amante premuroso può dare. Oso perfino sperare che possiate trovare un altro da amare. Qualcuno che vi adorerà e che riderà con voi. Qualcuno con cui rannicchiarsi sotto le coperte e restare lì felici.

Per il vostro bene, mio carissimo tesoro, per favore, vivete e amate come abbiamo vissuto e amato, circondati dalla nostra famiglia e dagli amici, con voi al centro di tutto.

Non vi dirò *adieu* ma *au-revoir*. Avrò pronta la vostra *chaise* preferita, la tavola da backgammon pronta tra di noi e io sarò lì, risplendente in velluto nero e seta, a roteare il mio occhialino, aspettando pazientemente che mi raggiungiate… Per sempre.

Renard

Duchessa d'Autunno
Lettera 3

[*Dal diario di Antonia Roxton Le annotazioni sono sporadiche per parecchi mesi, quindi questa annotazione non è datata. Il matrimonio dei Roxton è avvenuto nel febbraio del 1746, quindi dovrebbe essere del febbraio 1776.*]

Il nostro trentesimo anniversario di matrimonio

Oggi è il nostro trentesimo anniversario di matrimonio e mi sembra che sia solo ieri che vi ho visto tirare di scherma nel Cortile dei Principi a Versailles, in maniche di camicia, cosa in effetti molto scandalosa. Oh, ma non riuscivo a distogliere gli occhi da voi e in quel momento sono stata sicura, così come il sole sorge ogni mattina, che eravamo destinati a stare insieme per il resto delle nostre vite. Sì, voi sorridete e annuite, ma c'è stato un tempo in cui eravate scettico, come tutti gli altri, ma non ve ne vorrò! Non ho sempre detto che si deve ascoltare il proprio cuore? È un organo molto determinato e, quando si tratta dell'amore, il cuore vincerà sempre contro la mente. Ciò che dicono gli altri non significa niente, perché non è stato Boileau a dire che per giudicare un budino bisogna mangiarlo? E che meraviglioso, saporito budino è stato il nostro matrimonio!

Ho fatto preparare dalle mie donne l'abito *à la turque* che vi piaceva di più, in seta rosa chiaro ricamata con filo d'oro, con le scarpine abbinate. L'avevo indossato al ballo dell'ambasciatore ottomano e voi avete detto che avevate paura che potesse rapirmi e farmi portare nel suo harem e che forse mi avreste proibito di indossare un insieme così seducente in pubblico. Io avevo finto di essere seccata perché avevate scoperto il mio piano di infiltrarmi nell'harem dell'ambasciatore per scoprire che cosa facevano quelle donne, rinchiuse tutto il giorno senza compagnia maschile. Ricordo anche che al ballo avete osato fissare l'ambasciatore attraverso l'occhialino quando mi stava chiedendo della nostra visita a Costantinopoli.

Avete fissato sua Eccellenza dall'alto in basso, come se il poveretto avesse veramente intenzione di rapirmi! Ho dovuto impedirmi di ridacchiare perché si è innervosito, vedendosi ispezionare da quell'occhio ingrandito, e la sua fronte ha cominciato a coprirsi di goccioline di sudore. Ma avrebbe anche potuto essere a causa del pesante turbante che indossava, che Vallentine disse faceva sembrare l'ambasciatore un fungo. Ancora non capisco come faccia la gente a essere così intimidita da voi, quando io vedo che siete solo un gran mattacchione e mi viene solo voglia di ridere, nascosta dal ventaglio. Penso che voi, Monsieur le Duc, abbiate mancato la vostra vocazione, avreste dovuto calcare il palcoscenico. Anche se siete sempre riuscito ad attirare l'attenzione senza bisogno di un teatro per le vostre esibizioni, vero?

I piccoli di Julian e Deb stanno crescendo meravigliosamente. Il mese scorso sono stata a trovarli alla casa grande una o due volte e sentirli ridere mentre si rincorrono intorno al giardino è una gioia. Sì, lo so che dovrei andare a trovarli più spesso, ma a Julian non piace che chiacchierino in francese con questa stupida, tetra creatura che una volta era la loro nonna. Vuole che crescano come bambini inglesi e quindi devono parlare innanzitutto quella lingua e non la prima lingua dei loro nonni. So che siete d'accordo con lui, quindi non serve che io discuta questo argomento con voi, o lui.

Oh, quasi dimenticavo di dirvi che per onorare il nostro anniversario, proprio tre giorni fa Cornelia ha regalato a Scipione una seconda cucciolata. Tre femmine fulve e bianche e due maschi neri e beige. Ne ho promesso uno a Martin come compagno per la sua Delilah, che ha compiuto nove anni e sembra un po' fragile. Penso che un cucciolo le ridarà vitalità e la rivedremo scodinzolare, e darà anche a Martin qualcosa, o dovrei dire qualcuno, su cui concentrarsi invece di preoccuparsi per me. A dire il vero sono stata una gran codarda con Martin e non riesco a trovare il coraggio di guardarlo in faccia da quando ve ne siete andato senza di me.

Perché? Perché mi avete lasciato così? Perché sono qui in questa casa, da sola? Esisto, ma non sono qui, vero? Mangio senza sentire i sapori. Bevo senza sapere di aver sete. Mi addormento sperando che sia tutto un sogno. Quando appoggio la testa sul cuscino, spero, contro ogni speranza, che mi sveglierò da questo incubo e voi sarete lì, addormentato accanto a me, e io vi racconterò le mie stupide paure e voi mi prenderete tra le braccia e le farete sparire a furia di baci. Mi fa male la testa, e il mio cuore duole tanto che è come se stessi portando un gran peso in petto, e non mi interessa più se smette di battere. Fisso il lago fuori dalla finestra, e penso che oggi sarà il giorno in cui camminerò lungo la banchina e continuerò a camminare, attraverso le canne e fuori, in mezzo all'acqua, con i vestiti che si appesantiscono con l'acqua a ogni passo, finché non sarò più in grado di muovere le gambe e l'acqua mi arriverà al mento e poi chiuderò gli occhi e aprirò la bocca e l'acqua si riverserà dentro…

Me ne sono andata e mi sono lavata la faccia e Michelle mi ha fatto una tazza di caffè, e sono tornata in me. Ho riletto l'ultimo paragrafo e mi dispiace. È tutto vero, ovviamente, ma vi chiedo perdono per essere stata così morbosa proprio in questo giorno. Tenterò di non essere così stupidamente egoista e di non dire queste cose ridicole, perché so che vi sconvolge, e anche Vallentine ed Estée, vedere che non sono più io. Vi ho detto come sia contenta che voi tre siate di nuovo insieme? Ma ovviamente, anche questo mi rattrista, perché voi siete insieme ma senza di me.

È un bene che possa pensare alla mia visita al mausoleo. Porterò Scipione con me, così potrete vedere come sta bene il vostro ragazzo e che padre orgoglioso sia. Ovviamente, quando i cuccioli saranno cresciuti ve li porterò perché possiate esaminarli e osservarli correre intorno, e potremo decidere insieme quale dobbiamo regalare a Martin.

Buon anniversario, mio caro.

Duchessa d'Autunno
Lettera 4

Sua Grazia la nobilissima duchessa di Roxton, Treat via Alston, Hampshire, alla molto onorevole Lady Mary Cavendish, Abbey Wood via Bisley, Gloucestershire.

Treat via Alston, Hampshire
Maggio, 1776

Carissima Mary, la vostra lettera di condoglianze per la perdita che Julian e io abbiamo recentemente sofferto mi ha fatto versare una lacrima. Avete ragione, ovviamente, e dobbiamo considerarci fortunati perché abbiamo quattro bambini sani e felici. Immagino che fosse doppiamente triste che sia successo proprio in quel momento, perché era il mio primo aborto e anche perché la notizia della nuova gravidanza aveva sollevato a tutti il morale, che, come sapete, è stato piuttosto basso dalla morte di Monsieur le Duc due anni fa.

È come se quel triste evento fosse successo ieri, so che Julian ha dei momenti in cui è come se stesse camminando immerso in una nebbia di dolore. Grazie a Dio per i bambini, che lo tengono, no, tengono entrambi ancorati alla realtà e occupati, e ci impediscono di farci prendere da quella triste malinconia di cui sta soffrendo sua madre. Siamo decisi a essere felici quanto possiamo, per loro, e loro ci obbligano a guardare avanti e non indietro.

La piccola Juliana era appena nata, come ricorderete, ed aveva solo un mese quando è morto Monsieur le Duc, quindi non lo ricorda, né penso che lo ricordino nei particolari Louis e Gus. Il più triste di tutti è il mio Frederick, che mi racconta di quando si sedeva sulle ginocchia di Grandpère per farsi leggere una storia, e per ascoltare una delle sue storie sul vecchio re di Francia. Ma la cosa peggiore per Frederick è lo stato pietoso della sua Grandmère, che lo rende un ragazzino molto confuso. Non è assolutamente più la nonna che ricorda e so che lo preoccupa, anche se ha compiuto solo sei anni. Ha una testa troppo adulta su quelle piccole spalle ed è un peccato per lui.

Ci sono ancora momenti in cui mi meraviglio dell'enorme influenza che aveva mio suocero su tutti quelli che capitavano nella sua orbita, tanto più la sua famiglia. Voi lo sapete bene come chiunque altro, Mary, essendo cresciuta con lui fin dalla vostra nascita. In effetti, i vostri affettuosi ricordi di Monsieur le Duc che vi insegnava a giocare a backgammon quando avevate dodici anni, e avevate perso vostro padre in circostanze traumatiche, mi hanno fatto venire le lacrime agli occhi. Avete scritto di lui con tanto affetto che, se non avessi avuto il privilegio di conoscerlo come suocero per i pochi anni in cui ho potuto, non riterrei nemmeno lontanamente possibile che steste scrivendo dello stesso aristocratico che mostrava al pubblico una faccia molto diversa da quella che riservava alla sua famiglia.

Anche se non mi sono mai sentita completamente a mio agio in sua compagnia, riuscivo a rilassarmi un po' quando si riuniva tutta la famiglia, perché vedevo, nel loro modo di comportarsi e nelle loro conversazioni, che lo amavano incondizionatamente. La sua famiglia era tutto per lui. Lui li adorava e loro adoravano lui.

Ciò che trovo soprattutto affascinante è che mio suocero era, in tutto e per tutto, la personificazione dell'aristocratico arrogante. Sdegnoso di quelli sotto di lui che riteneva inferiori di carattere, aveva sempre quell'aria come se si aspettasse, quando parlava, che tutti dovessero ascoltarlo e che la sua parola fosse legge. Era così anche con la sua famiglia, e c'erano volte in cui mi faceva rabbrividire di paura, specialmente quando ti puntava lo sguardo addosso, con quel suo modo di guardarti attraverso, come se le tue parole, addirittura la tua stessa presenza, non fossero di nessun interesse per lui. Grazie al cielo, non sono mai stata l'oggetto di un simile sguardo. Era parco di parole, come se parlare più di quanto fosse necessario comportasse uno sforzo inutile. Ovviamente, i suoi silenzi erano sempre riempiti da Maman-Duchesse e lui ne era felice.

Grazie per aver esteso il vostro gentile invito a Maman-Duchesse di venire a trovarvi, ma la verità è che non è una buona compagnia per nessuno ed è meglio lasciarla al suo inconsolabile dolore nella casa vedovile. Julian va a trovarla quando può, ma ammette che si chiede perché lo faccia, dato che sembra quasi che lei non lo veda e dice appena qualche parola.

Per favore, tenetelo per voi, cara Mary, perché Julian non mi ringrazierebbe certo per avervi rivelato una sua confidenza, ma ho bisogno di confidarmi con qualcuno della famiglia, altrimenti impazzirò anch'io! Quindi, per favore, ve ne prego, nascondete le mie lettere e un giorno, quando ve lo chiederò, bruciatele tutte.

Ciò che sto per dirvi non l'ho detto a nessun altro.

Julian ha chiamato un medico, specializzato in menti spezzate, per valutare e curare sua madre. Pensa che avremmo dovuto richiedere i suoi servizi molto prima, appena ci hanno riferito le sue strane abitudini. Mary, per favore, non dovete parlare con nessuno. Ma credetemi quando vi dico che Maman-Duchesse ha cominciato a conversare con la statua di marmo sopra la tomba di Monsieur le Duc. Visita quotidianamente il mausoleo, portando fiori e libri, e resta seduta lì tutto il giorno parlando al vecchio duca come se fosse ancora vivo e rispondesse alle sue chiacchiere.

Non ho visto personalmente questo comportamento allarmante, né l'ha visto Julian, ma ci è stato riferito da diverse fonti, quindi deve essere vero. Ciò che ha fatto capire a Julian che forse sua madre si rifiuta di credere che suo marito sia veramente morto, è che lei non si riferisce mai a Monsieur le Duc, o, come qualche volta lo chiama lei, Monseigneur usando il passato. Ne parla come se fosse ancora vivissimo. E lo stesso fa quando si riferisce a Lord e Lady Vallentine. Io non so proprio che cosa rispondere e, quando lei accenna a voler raccontare questo o quello a Monsieur le Duc quando tornerà a casa, ci vuole tutto il mio autocontrollo per restare impassibile.

Mi spezza il cuore e mi allarma, perché ha spinto Julian fino al punto di rottura, fino a chiamare un professionista medico. Spero solo che sia in grado di aiutarla prima che sia troppo tardi e debba essere rinchiusa per sempre. Quest'azione impensabile non è mai stata discussa tra Julian e me, quindi, ripeto, per favore, che resti tra noi due.

Ovviamente, l'altra nostra preoccupazione è Henri-Antoine, completamente trascurato dalla madre in lutto, tanto che è come se lui avesse perso entrambi i genitori, non solo il padre. Mi meraviglia pensare che ci sia una madre, che ha controllato suo figlio in ogni momento di veglia, dalla nascita fino all'età di dodici anni, consumata dalla preoccupazione per gli attacchi di cui soffriva per effetto del mal caduco, e, nell'instante in cui è morto Monsieur le Duc, è come se il suo interesse per il figlio minore fosse morto lo stesso giorno. Perché non ha mai chiesto di lui, né gli è stata vicino, né ha mandato a chiamare il dottor Bailey per avere notizie della sua salute, né ha chiesto a Julian e a me come sta. Per quanto la concerne, e qui sono molto crudele, ma sono furiosa, Henri-

Antoine avrebbe potuto morire durante uno dei suoi attacchi e lei non si sarebbe nemmeno accorta della tragedia.

Come può essere diventata così insensibile in un batter d'occhio? Che cosa deve pensare quel povero ragazzo, di aver perso suo padre e sua madre, che stravedevano per lui? Ovviamente, il peso della cura di Henri-Antoine ora ricade sulle spalle di Julian. Ovviamente lui, noi non lo vediamo come un peso. Vogliamo bene a Harry (come preferiamo chiamarlo) quanto amiamo i nostri stessi figli, ma mi preoccupa lo stato della sua giovane mente. Grazie a Dio, ultimamente gli attacchi non sono stati così gravi o frequenti e, grazie a Dio, lui ha Jack!

Il buon, fidato Jack, che veglia su di lui e gli vuole bene come un fratello. Eppure Julian si preoccupa per il suo futuro, anche se lo tranquillizza un po' sapere che i ragazzi stanno godendosi il loro tempo a Eton, nonostante Bailey sia sempre un passo dietro a loro. Anche se penso che i fratelli abbiamo stretto un patto riguardo al futuro del buon dottore, dato che Harry e Jack sono partiti per la scuola molto più di buonumore e con un cenno complice al duca che forse speravano che non cogliessi! Ho intenzione di scoprire che cosa sta succedendo qui, appena avrò un momento libero.

Penserete seriamente alla mia offerta di venire, voi e Teddy, a stare con noi per un mese quando vi farà piacere, vero? So di non aver dipinto un quadro molto roseo della vita a Treat ma vivere qui è molto meglio che non leggerlo in una delle mie deprimenti missive.

Mi rendo conto che è passato un anno dalla morte di Gerald e quindi dovete aver finito il periodo di lutto, o quasi. Con la tenuta nelle capaci mani del sovraintendente, e Julian completamente soddisfatto delle capacità del signor Bryce a questo riguardo, potete permettervi di lasciare Abbey Wood e venire a trovarci. Sono sicura che il signor Bryce permetterà a Teddy di visitare i suoi cugini. E Teddy avrà sicuramente bisogno di compagnia e di un nuovo ambiente, almeno quanto la sua mamma. Quindi, pensateci seriamente e chiedetelo subito al signor Bryce. Non può essere tanto crudele da negarvelo, perché negare il permesso a Teddy di lasciare Abbey Wood significa negarlo anche a voi, perché non partirete certo senza di lei!

I bambini ci tengono focalizzati sulle cose importanti e ci risollevano lo spirito, tanto che possiamo passare giorni interi senza riferimenti al passato, e la vostra venuta aumenterebbe certamente questi momenti felici. Farebbe particolarmente bene a Teddy stare con i suoi cugini e sono sicura che le piacerebbe fare da mammina a Juliana, che è veramente una principessina, in tutti i sensi.

Sento che i bambini stanno tornando in giardino dopo essere stati al lago a far navigare le loro barchette, e chiuderò questa lettera di modo che possa essere sigillata e spedita con la posta del duca oggi pomeriggio. Se avrò altro da dirvi, arriverà con la prossima posta, una settimana dopo che avrete ricevuto questa.

Mi aspetto di leggere la data del vostro arrivo nella prossima lettera.

Con tutto il nostro affetto,
Deborah

Duchessa d'Autunno
Lettera 5

Il signor Christopher Bryce, c/- Abbey Wood via Bisley, Gloucestershire, a Sua Grazia il nobilissimo duca di Roxton, Treat via Alston, Hampshire.

c/- Abbey Wood via Bisley, Gloucestershire
Agosto, 1776

Milord,

spero che questa lettera trovi voi e la vostra famiglia in eccellente salute.

Non sono tipo da sprecare il tempo in conversazioni inutili e non desidero usare l'inchiostro per far sprecare a voi il vostro tempo prezioso, quindi arriverò subito al punto.

Troverete in allegato il solito rapporto, consegnato come sempre al vostro segretario, il signor Audley, perché lo consegni a Vostra Grazia. Spero che troverete tutto soddisfacente, come ha già fatto il signor Audley quando si è messo a controllare i libri contabili e la corrispondenza relativa a questa tenuta.

Non ho obiezioni circa il fare rapporto a Vostra Grazia, perché era uno dei termini del testamento di Sir Gerald. Siamo entrambi vincolati come co-esecutori di quel documento, e io ancora di più in quanto sovraintendente della tenuta finché Sir John raggiungerà la sua maggiore età, e anche come tutore dell'unica figlia di mio cugino, Theodora. Ciò cui obbietto e con forza, è la necessità che il signor Audley venga di persona fin nel Gloucestershire per controllare i libri per vostro conto, quando questo oneroso compito può tranquillamente essere svolto e certificato da un intermediario da voi nominato che risieda a Circencester o a Bath.

Non tocca a me chiedere come sia in grado Vostra Grazia di portare avanti gli affari quotidiani nella vostra proprietà senza il beneficio delle capacità del signor Audley per sette giorni ogni trimestre.

Ma ciò che mi domando è se considerate le mie capacità così scarse da sentire il bisogno di mandare il vostro segretario, di fatto, a guardarmi da sopra la spalla. O forse c'è uno scopo recondito perché il signor Audley agisca da occhi e orecchie per voi, che non volete rivelarmi? Perché questa, Vostra Grazia, è l'unica conclusione che posso trarre dopo aver tollerato per ben un anno le visite trimestrali del vostro segretario.

Dichiarate che le cose non sono cambiate da quando era vivo Sir Gerald. Che il signor Audley visitava regolarmente Abbey Wood per vostro conto, e per ragioni simili. Ammetto che quando mio cugino era vivo, permetteva che i suoi bisogni eccedessero il suo introito, e che la tenuta era pesantemente ipotecata. Quindi, Sir Gerald era obbligato ad acconsentire che i suoi affari fossero controllati, oppure correre il rischio effettivo che Vostra Grazia chiedesse il rimborso dei sostanziosi prestiti che gli avevate concesso per mantenere vitale la tenuta. Dalla morte prematura di mio cugino e con la mia gestione, c'è stato un deciso miglioramento nella proprietà, tanto che un terzo dei debiti è già stato ripagato. Quindi, vi chiedo di nuovo, duca, perché sentite la necessità che il signor Audley continui le sue visite? Non sono necessarie e certamente non sono gradite.

A essere franco, quell'uomo non mi piace. La sua presenza disturba la routine quotidiana, non solo della tenuta, ma anche della casa. Lady Mary è obbligata a trattarlo come un ospite e io sono obbligato a lasciarglielo fare. Il suo comportamento non è consono al suo rango e, poiché è qui a rappresentarvi, si comporta come se lui stesso fosse un duca venuto in mezzo a noi. Anche se devo confessare di non aver mai incontrato un duca e quindi non ne riconoscerei uno se ci cadessi sopra. Non intendo mancarvi di rispetto, Vostra Grazia, ma preferisco parlar chiaro e, come co-esecutori, vi tratterò da mio uguale, con educazione e sincerità, niente di più e niente di meno.

Avete sollevato la questione della tutela legale dell'unica figlia di Sir Gerald e che voi e la vostra cara duchessa avete la benedizione di Lady Mary a che Theodora sia allevata nella vostra proprietà con i vostri figli. Credete, e lasciate che citi la vostra lettera, che 'Theodora avrebbe l'educazione che merita tra i suoi parenti e non le mancherebbe mai niente come mia pupilla'.

Capisco che voi desideriate farlo, ma non è ciò che voleva Sir Gerald. In effetti, sapete bene quanto me che il testamento di mio cugino proibiva espressamente che la sua unica figlia fosse allevata tra i parenti di sua moglie. Non diceva perché ma su questa questione è stato enfatico e, anche se potrei fare ipotesi sui suoi motivi, non lo farò, né dovreste farlo voi. Non posso spiegare i motivi per cui Sir Gerald abbia ritenuto che un uomo che non si è mai sposato e non ha figli, sia il miglior tutore per la sua bambina di otto anni, e una femmina per giunta! Sir Gerald ha affidato sua figlia alle mie cure finché si sposi o compia venticinque anni, e quindi compirò il mio dovere nei confronti di entrambi. Sarebbe meglio, per tutti gli interessati, ma specialmente per Theodora, se questa faccenda fosse chiusa per sempre. Non cambierò idea e Lady Mary lo sa bene.

Riguardo al futuro di Theodora, chiedo, no, pretendo, com'è mio diritto come suo tutore, che vi asteniate dal fare ulteriori proposte a Lady Mary per chiedere il suo assenso a che la bambina sia tolta dalla mia tutela. Non solo ottenere questo assenso è inutile, perché su questa faccenda sono irremovibile, ma contattando Lady Mary le avete sicuramente procurato inutile ansia. Ovviamente, lei desidera acconsentire alla vostra richiesta, dubito che qualcuno vi abbia mai rifiutato qualcosa, ma sa come la penso e quindi è divisa tra il desiderio di accettare la vostra richiesta e la mia irremovibilità. Che lei dia il suo assenso riguardo alla tutela di sua figlia si può considerare solo un'inutile illusione.

Nella stessa lettera, siete stato tanto franco da dar pubblicamente voce alle vostre preoccupazioni sulla salute e il benessere di Lady Mary. Permettetemi di usarvi la stessa cortesia. Dato che Lady Mary è la madre di Theodora, e fintanto che la bambina avrà bisogno di sua madre, potrà continuare a considerare casa sua Abbey Wood. Le saranno usate tutte le cortesie in quanto madre di Theodora e non, come sono certo preferireste che facessi, perché è la figlia di un conte e cugina di un duca. So perfettamente che Sir Gerald era tipo da pavoneggiarsi dei familiari titolati di sua moglie e inframmezzare le sue conversazioni con accenni ai nobili parenti, ma sotto la mia amministrazione Abbey Wood è una fattoria operativa. E come tale non c'è posto, né io ho il tempo, per indulgere in simili artifici.

E riguardo a Lady Mary e alla vostra generosa proposta di integrare la sua indennità perché sia commisurata alla sua nobile nascita, devo nuovamente declinare a nome suo. Per favore, non rinnovate questa offerta perché la rifiuterò di nuovo e questo, senza dubbio, creerebbe un certo imbarazzo a un nobile come voi che si aspetta obbedienza cieca. E, perché ne siate al corrente, ho chiarito a Lady Mary che se dovesse accettare questa integrazione da parte vostra, dovrebbe anche accettare la vostra offerta di risiedere con voi e la vostra buona duchessa, ma che sua figlia resterà qui con me.

Non cerco né voglio la vostra opinione, Vostra Grazia. Né mi serve il vostro patrocinio. Sono una persona libera e intendo rimanere tale. Questo non significa che non possiamo essere civili l'uno con l'altro e tendere verso gli stessi obiettivi. Io ne ho due: che Theodora cresca fino a essere una giovane donna felice e di buone maniere, e che l'erede di Abbey Wood, Sir John Cavendish, erediti una proprietà, il giorno del suo ventunesimo compleanno, che sia degna del suo titolo e che gli permetta di vivere come un gentiluomo. Sono sicuro che Vostra Grazia non desideri niente di meno.

Resto l'umile servitore di Vostra Grazia,
Christopher Bryce, Esq.

Duchessa d'Autunno
Lettera 6

L'onorevole Charles Fitzstuart, St. James's Mews, Westminster, Londra, al molto onorevole maggiore Lord Fitzstuart, Fitzstuart Hall via Denham, Buckinghamshire.

St. James's Mews, Westminster
Maggio 1777

Carissimo fratello, quando leggerai questa lettera sarò già fuggito in Francia con Sarah-Jane Strang. Fuggiti, anche se spero di poter ottenere la benedizione di suo padre per il nostro matrimonio prima di partire. Non sei per niente sorpreso, vero? Posso sentirti ridere forte fin da qui, Dair! Stai scuotendo la testa e chiedendoti perché ci ho messo tanto a raccogliere il coraggio di fare entrambe le cose.

Sapevi da tempo che le mie tendenze politiche e la mia coscienza erano per la causa dei ribelli nelle colonie, eppure non hai mai detto una sola parola contro di me. In effetti, avresti potuto denunciarmi a Shrewsbury come spia e traditore, e non lo hai fatto! Ti sono mille volte grato per non avermi mai fatto domande.

Tu che sei così fieramente fedele al re e alla nazione, che ha rischiato cento volte la vita per loro, che hai condotto uomini in battaglia (una faccenda sanguinosa); e ho sentito il signor Farrier raccontare alcune delle gesta che avete condiviso; tu un eroe per tanti, e per me, il tuo fratello minore. Ma che cosa devi pensare di me, se non che sono un cane traditore, e non ti biasimo.

Qualunque cosa tu possa pensare di me, devi sapere che ti amerò e ti ammirerò sempre sinceramente e devotamente. Nessuno potrebbe volere un fratello maggiore migliore e più degno di te. E sarò il primo ad alzare il bicchiere in un brindisi quando finalmente erediterai il titolo di conte, che è tuo di diritto e che meriti in pieno. Non mi importa ciò che gli altri pensano di te, che ti definiscano un arrogante spaccone e un menefreghista, o che le mie convinzioni repubblicane non vadano d'accordo con i tuoi principi monarchici, sei la mia carne e il mio sangue, sei mio fratello e il mio cuore sa che sei un uomo buono e onesto. Sono orgoglioso di dire a chiunque lo chieda che il mio fratellone è un uomo nobile, non solo per nascita ma nelle parole e nei fatti.

E non hai forse fatto una buona azione dandomi la spinta di cui avevo bisogno per dichiararmi alla signorina Strang? Quando hai sospettato che mi fossi innamorato del mio tesoro? Hai un'esperienza di donne tanto più ampia della mia e conosci bene il tuo fratellino, tanto che sono sicuro che ti ci siano voluti solo pochi minuti in nostra compagnia per capire quali erano i miei sentimenti per lei!

Ti confesso ora, e abbasso la testa per la vergogna, che mi angosciava il pensiero che tu avessi posto gli occhi sulla signorina Strang, per la sua considerevole eredità. Ora mi rendo conto che stavi solo facendo il fratello maggiore, cercando di capire se i suoi sentimenti per me fossero genuini e reciproci! Sarah-Jane me l'ha detto ed era non poco indignata che potessi aver sospettato che fosse una donna volubile! Ma ti ha perdonato e chiede che la perdoni anche tu.

Abbiamo intenzione di prender casa nella città di Versailles e assumerò l'incarico di interprete e traduttore per il signor Benjamin

Franklin. Un grande onore, come confermerà la cugina duchessa, che ha la più alta opinione della mente del signor Franklin, anche se non delle sue idee politiche! Spero che un giorno sarai orgoglioso di me come io lo sono di te, carissimo fratello. Mi sforzerò ogni giorno per raggiungere questo obiettivo.

Per favore, porta il mio amore alla mamma e a Mary. Sospetto che tu stia digrignando i denti alla prospettiva di dover spiegare il mio comportamento a nostra madre ma forse la cosa peggiore, che la farà scoppiare in lacrime e restare prostrata sulla sua dormeuse, sarà la sua reazione melodrammatica alla notizia che sto per sposare la figlia di un nababbo. Sì, ti sono profondamente debitore.

Tieni d'occhio Mary e la sua situazione. È vedova adesso, grazie al cielo si è liberata di quel suo pomposo marito, inferiore a lei per carattere e condizione sociale; lo so, ho appena messo coraggiosamente per iscritto quello che pensavamo entrambi di quell'unione, ma nessuno dei due aveva un'età o era nelle condizioni di farci qualcosa a quel tempo, no? Ora, almeno tu puoi farlo. È di nuovo tutto sulle tue spalle, che sono abbastanza ampie da sopportare il peso della famiglia.

Ho scritto a nostro padre dandogli la notizia. So che per te è meno di niente, ma è una cortesia che mi sentivo obbligato a farti. Considerala una cosa in meno da fare. Quindi ti ho risparmiato questo impegno!

Scrivi quando e se potrai. Mi mancherai.

Fino a quando ci incontreremo di nuovo, e sono sicuro che ci incontreremo ancora.

Il tuo affezionato fratello,
Charlie

Duchessa d'Autunno
Lettera 7

Il signor Jonathon Strang Leven, c/- Lawson and Gower Chambers, Gray's Inn Road, Londra, all'onorevole signora Charles Fitzstuart, c/- L'onorevole Charles Fitzstuart, 21 Rue du Peintre Lebrun, Versailles, Francia.

c/- Lawson and Gower Chambers, Gray's Inn Road, Londra
Maggio 1777

Carissima Sarah-Jane, lascio queste poche pagine a Mme la Duchesse perché le spedisca dopo la mia partenza per la Scozia. Non volevo che questa lettera arrivasse prima di te e prima che avessi il tempo di sistemarti nella tua nuova casa a Versailles e nel tuo nuovo ruolo di moglie.

So che tu e Charles sarete felici insieme. È un brav'uomo e sarà il migliore dei mariti. Il tuo compito più impegnativo come moglie sarà di incitarlo a essere meno serio e fargli capire che in qualche occasione si può ridere e magari godersi il momento per ciò che è, invece di pensare sempre a un più vasto ordine di cose. Ma te lo dirà lui stesso che sta cambiando la storia e per il bene della maggioranza. Sarà implicato in tante macchinazioni politiche come segretario e interprete del signor Franklin. Non gli invidio la responsabilità che peserà sulle sue giovani spalle, quella di convogliare i ragionamenti del signor Franklin alla sua maestà francese, per convincerlo a sostenere i ribelli, perché porterà a una guerra con l'Inghilterra. E la guerra non è mai una bella cosa, per nessuna delle parti.

Ti ho detto spesso, ma lo scriverò di nuovo, quanto sono fiero di te, come figlia e come donna. Sono fiero anche di me stesso, per come sono riuscito a crescerti bene, perché tua madre sarebbe sicuramente orgogliosa di me! Il tuo papà è sempre un burlone, vero, mia carissima ragazza?

Permettimi di essere serio ancora per un momento, e dirti che stasera andrò a teatro in compagnia di Mme la Duchesse e quindi, domani mattina, tutta la città saprà che siamo amanti, ed è la verità. Tu lo sai, e forse te l'ha detto lei stessa quando avete avuto quel colloquio privato prima della tua partenza. Lei è sempre sincera. Quindi non può sorprenderti leggerlo qui. Ma siamo più che amanti. Molto di più. Siamo anime gemelle. E lo credo con tutto il cuore.

Sono innamorato di Antonia Roxton e lo sono stato dal primo momento in cui ho posato gli occhi su di lei. È successo qualcosa, al ballo di pasqua dei Roxton, che non riesco a spiegarti. Ho solo capito, in quel momento, che dovevo stare con lei, che sarei morto per lei se fosse stato necessario, che è l'unica donna con la quale voglio passare il resto della mia vita. Ho cercato di dirtelo in parecchie occasioni e dapprima tu non volevi ascoltare il tuo papà. Ho cercato di capirne il motivo e mi sono detto che era colpa della tua giovinezza e della tua inesperienza, ma forse eri anche un po' gelosa che il tuo papà fosse così innamorato?

Ora che sei sposata e i tuoi occhi si sono aperti all'amore in tutte le sue espressioni e hai un marito che ti ama, avrai capito che è impossibile capire il cuore come si capisce la mente. Quindi è meglio lasciare che il cuore vinca senza discutere. So che ti preoccupa il fatto che sia innamorato di una donna più vecchia di me di una decina d'anni. Ma le nostre età sono solo numeri. La nostra età riflette più come agiamo, come vediamo, quello che proviamo. Se tu dovessi usare la testa e non il cuore per valutare l'uomo che ami e hai sposato, certamente lo vedresti in modo diverso, forse come lo vedono gli altri qui: un uomo che ha commesso un tradimento, fornendo segreti ai ribelli sugli sforzi bellici britannici nelle colonie. Eppure, non è questo che il tuo cuore vede in lui. Il tuo cuore ti dice che è un uomo di profonde convinzioni e con un obiettivo, che crede in una vocazione superiore, che sta facendo ciò che ritiene sia giusto per il futuro delle colonie americane e quindi merita il tuo rispetto e il tuo amore. E ti ama!

Antonia Roxton ama me. Ne sono sicuro come sono sicuro che il cielo è azzurro e l'erba verde. Intendo sposarla prima di partire per il nord. Sono anche assolutamente sicuro che il nostro matrimonio sarà benedetto dai figli. Quindi non devi più preoccuparti per il tuo papà, perché non sarà mai più solo. E puoi certamente essere felice che vada al nord per realizzare il suo destino. Con riluttanza, come ben sai, ma devo farlo. Tu potrai aver sposato un repubblicano, ma questo non dovrebbe renderti meno fiera del fatto che il tuo papà sia diventato un duca scozzese.

E quindi, mio biondo cherubino, questa sarà l'ultima lettera che firmerò con il mio nome e da Londra. Ti manderò mie notizie da oltre la frontiera, quando arriverò a Edimburgo; da lì riceverai una lettera da Sua Grazia il nobilissimo duca di Kinross, sigillata con lo stemma ducale. Non nascondere la tua gioia a Charles. Se so qualcosa di quel giovanotto, sarà felice quanto te di sapere che suo suocero sta bene ed è al sicuro. E, ovviamente, sarà felicissimo quando gli dirai che sua cugina è ora la duchessa di Kinross e, in effetti, sua suocera. Ah, come sono complicate le nostre vite!

Fai il favore al tuo papà di scrivere alla mia nuova duchessa e concedile la tua benedizione per il nostro matrimonio. L'ho convinta che col tempo imparerai a volerle bene, eppure non puoi biasimarla se è inquieta, in particolar modo perché sa perfettamente quanto ti voglia bene e quanto valuti la tua opinione. So che Charles lo farà, ma so che lei non sarà tranquilla finché non vedrà la tua benedizione di tuo pugno, qualunque cosa possa scrivere Charles a tuo nome. Eccoti i miei ringraziamenti in anticipo, sigillati con un bacio.

Non vedo l'ora di ricevere tue notizie e di sapere come progrediscono le tue lezioni di francese. Spero che la signora Spencer si stia dimostrando una valida dama di compagnia e che entrambe vi stiate godendo il bel tempo primaverile. Porta i miei saluti a mio genero e, se Charles vorrà scrivermi, ne sarò onorato.

È arrivata l'ora di vestirmi per il teatro e lì incontrare i miei futuri parenti, l'altro mio genero, per essere precisi! Sua Grazia il duca di Roxton ha un palco e il tuo papà non vede l'ora di vedere la faccia di quell'aristocratico quando mi siederò accanto alla sua divina mamma. Predico che la nuova commedia di Dick Sheridan diverrà una semplice attrazione secondaria, rispetto allo svolgersi degli eventi tra il nobile pubblico. Sì, questo è il suono del tuo malizioso papà che si frega le mani, tutto allegro. A quando sarò in Scozia.

Con tutto il mio amore,
il tuo affezionatissimo papà
J S L

Duchessa d'Autunno
Lettera 8

[*Dal diario di Antonia Roxton.*]

Venerdì, 9 maggio, 1777

La mattina successiva alla prima de' *La scuola della maldicenza* di Sheridan

Renard, ieri sera ho visto una meravigliosa commedia: *La scuola della maldicenza*, di Richard Sheridan. Predico che sarà un successo duraturo, è molto spiritosa. Ve ne ho già parlato durante una delle mie visite prima di venire a Londra. Non ero sicura di voler andare a vedere lo spettacolo, perché non sono mai stata a teatro senza di voi. Ma Jonathon mi ha convinta ed avevo tanto voglia di vedere se gli attori avrebbero reso giustizia al copione di Sheridan. Ovviamente c'era troppo rumore e troppo chiacchiericcio, e gli occhi di tutti su di me, ma ho cercato di non lasciare che mi preoccupasse, come facevate sempre voi. Il ventaglio è stato un grande aiuto, ma ammetto che il vostro occhialino è un'arma molto migliore per sedare le masse, in queste occasioni pubbliche.

Julian era lì con Deb ed era venuto anche Martin. I ragazzi erano seduti con noi e, all'intervallo, Julian è venuto nel nostro palco con Martin al suo braccio. Martin si appoggiava più pesantemente del solito al suo bastone perché era caduto scendendo dalla carrozza.

Niente di cui dobbiate preoccuparvi e il livido guarirà in men che non si dica.

Oh, ma Renard! Vorrei che aveste visto la faccia di Julian quando ho presentato Martin a Jonathon! Jonathon ha stretto calorosamente la mano a Martin, come se fossero vecchi amici, poi ha commentato che era bello conoscere finalmente l'altro uomo nella vita di Antonia! Oh, sì! È quello che ha detto Jonathon. Riuscite a crederlo? *Incroyable*, no? Io ho sussultato e poi gli ho dato un colpetto con il ventaglio sulle nocche per la sua impertinenza. E che cosa ha fatto lui? Ha riso e mi ha strappato il ventaglio dalla mano, per poi usarlo per darmi un colpetto sotto il mento. E tutto questo davanti a duecento paia di occhi. Il povero Julian quasi non riusciva a respirare dall'imbarazzo. Martin è rimasto lì, impietrito e, siccome ha passato tanti anni con voi, ha fatto ciò che fate sempre voi in simili situazioni socialmente imbarazzanti, non ha detto niente. Niente! Ma io vi conosco bene entrambi e so che lasciate che siano gli occhi a parlare. Ed è ciò che ha fatto Martin. Quindi ho visto il luccichio e il sorriso nei suoi occhi. Ha perfino osato sorridere davvero quando si è voltato a parlare con Henri-Antoine. Il povero Julian non sapeva dove guardare o che cosa dire davanti a un comportamento così stravagante. Mi sono sentita un po' dispiaciuta per lui, perché deve essere così arduo essere alla presenza dell'amante di sua madre, specialmente quando questo uomo non è molto più vecchio di lui. Penso sia servito a sciogliere un po' la tensione, quando gli hanno detto che Deborah stava salutandoci dal loro palco, e lui si è voltato e si è rilassato un po'. E poi l'intervallo è finito e sono tornati ai loro posti.

Martin starà con Julian e Deborah, e si uniranno a noi questa mattina per la cerimonia. Sono molto contenta che ci sia. Martin aiuterà Julian a superarla e a sentire di avere almeno un alleato nella stanza, perché Deborah, anche lei, approva Jonathon, come tutti gli altri.

Henri-Antoine e Jack staranno con me per una settimana dopo la cerimonia e poi torneranno a Oxford e ai loro studi. Me lo hanno promesso e farò in modo che mantengano la parola data. Henri-Antoine è molto intelligente ma cerca di nasconderlo, penso per il bene di Jack. Non che Jack non sia intelligente, ma Henri-Antoine ha una prontezza d'ingegno e di comprensione che è rara in qualcuno della sua età. È anche un linguista eccellente, come voi, e può passare dall'inglese al francese senza esitazioni. Ascolta Jonathon in inglese e me in francese, e risponde a ciascuno nella rispettiva lingua. È straordinario ma non lo facciamo spesso, perché Jack non è così dotato dal punto di vista linguistico. Ma chi lo è?

Ho sempre saputo che nostro figlio era la vostra immagine, non ve l'ho forse detto? E man mano che diventa grande, più uomo, la somiglianza cresce e dovrebbe farvi piacere. Non posso mentire e non dirvi che a volte mi fa male il cuore a vederlo e sentirlo. Più di una volta mi sono voltata, sentendo la sua voce, aspettandomi di vedere voi, amore mio, al suo posto. Il nostro figlio minore si siede perfino come fate voi, in silenzio e osservando, valutando sempre ogni situazione prima di parlare in pubblico. E, proprio come voi, dietro alle porte chiuse, con quelli che ama veramente e con i quali si sente completamente a suo agio, si trasforma ed è rilassato e sorridente. Gli piacciono le sciarade e ha una risata contagiosa, (che, se posso aggiungerlo, sono le sole caratteristiche che sembra aver ereditato dalla sua mamma! Oh, e forse il suo amore per la lettura) è come se voi tornaste tra noi… Oh, sentirlo ridere di nuovo! È veramente musica per le mie orecchie. Ed è felice, penso perché la sua mamma è finalmente tornata nella terra dei vivi, e da lui. Mi è mancato tanto, e io a lui.

Ma non vi ho dato la notizia più importante di tutte! Gli episodi di mal caduco si sono ridotti di intensità, al punto che Bailey non è più la sua ombra e non lo è da due anni! Quasi non riesco a crederlo nemmeno io, Renard, ma Henri-Antoine mi assicura che è così e che l'ultimo episodio è successo circa dodici mesi fa, ed è stato molto leggero, oltre a tutto. Mi rende talmente felice e avrei voluto abbracciare il mio ragazzino, e baciarlo e piangere allo stesso tempo. Ovviamente non l'ho fatto, perché quale ragazzo di sedici anni vuole che la sua mamma si comporti come una pazza davanti al suo miglior amico? Anche se penso che a Jack non avrebbe dato nessun fastidio. Così adesso potete smetterla di preoccuparvi e forse lo farò anch'io. Anche se non riesco ancora a credere che la malattia sia finalmente sparita. Ma Jonathon dice che Jack gli guarderà sempre le spalle e quindi lasceremo che sia lui a dirci se c'è qualche cambiamento.

Lo confesso perché so che non vi dispiacerà, e anche Julian ne è felice: Jonathon piace veramente a Henri-Antoine e il sentimento è reciproco. È bello vederli insieme, rilassati a chiacchierare come se si conoscessero da quando Henri-Antoine era piccolo. Ma penso che sia un dono di Jonathon, quello di mettere la gente a proprio agio con il suo fascino e la sua gentilezza. Proprio come usava fare Vallentine, anche se Vallentine era un po' più distratto. Come mi manca il mio amico. Ma è con voi e madame, quindi sono un po' gelosa che voi tre siate insieme e mi abbiate lasciato qui da sola. E perché mi sono sentita così sola…

No! Ora non è più vero. Ma non ho preso quest'uomo come amante solo per porre fine alla mia solitudine ma perché lo amo. Lo amo, Renard, e non pensavo sarebbe stato possibile sentirmi così con un altro uomo dopo di voi. Ma non posso mentire al mio stesso cuore, no? O a voi. Ecco, l'ho confessato, è tutto scritto qui sul mio diario e ve lo dirò in faccia la prossima volta che verrò a trovarvi. Ma mi avevate chiesto di vivere e amare ancora e, anche se non credevo fosse possibile, è successo senza che lo volessi o lo cercassi.

Oh! Per favore scusatemi se non ve l'ho detto prima. Ho accettato la proposta di matrimonio di Jonathon; me l'ha chiesto tante volte che ho perso il conto. Mi ama veramente, anche se sa che sposandomi dovrà dividermi con voi per sempre. *Mon Dieu*, ho appena riletto questa frase e sembra veramente scandalosa. Ah! Lasciamola così, perché è vera. Jonathon mi deve dividere con voi, perché io, senza di voi, non sono completa.

È quello che avete sempre voluto per me, vero, amore mio? E io non volevo ascoltare, allora non potevo. Non riuscivo a contemplare una vita senza di voi e, a dire la verità, ci sono momenti in cui non riesco ancora a credere che non entrerete dalla porta per venire da me. Ma, finché vivrò, so che devo fare più che esistere solamente. Perché come potrei guardarvi in faccia un giorno e sentire che mi rimproverate per aver sprecato la vita che mi restava? Quando arriverà il giorno in cui ci riuniremo per sempre, sarà un'occasione così gioiosa, che accetterò con tutto il cuore, ma per ora sono qui, e questa mattina mi sposerò e comincerò un nuovo capitolo della mia vita.

Quindi firmo questa lettera, caro amore mio, come la duchessa di Roxton, ma per l'ultima volta finché non saremo di nuovo insieme. Fino ad allora sarà come duchessa di Kinross che siederò davanti a voi e so che vi farà un enorme piacere.

Au revoir, amore mio,
Antonia, duchessa di Roxton

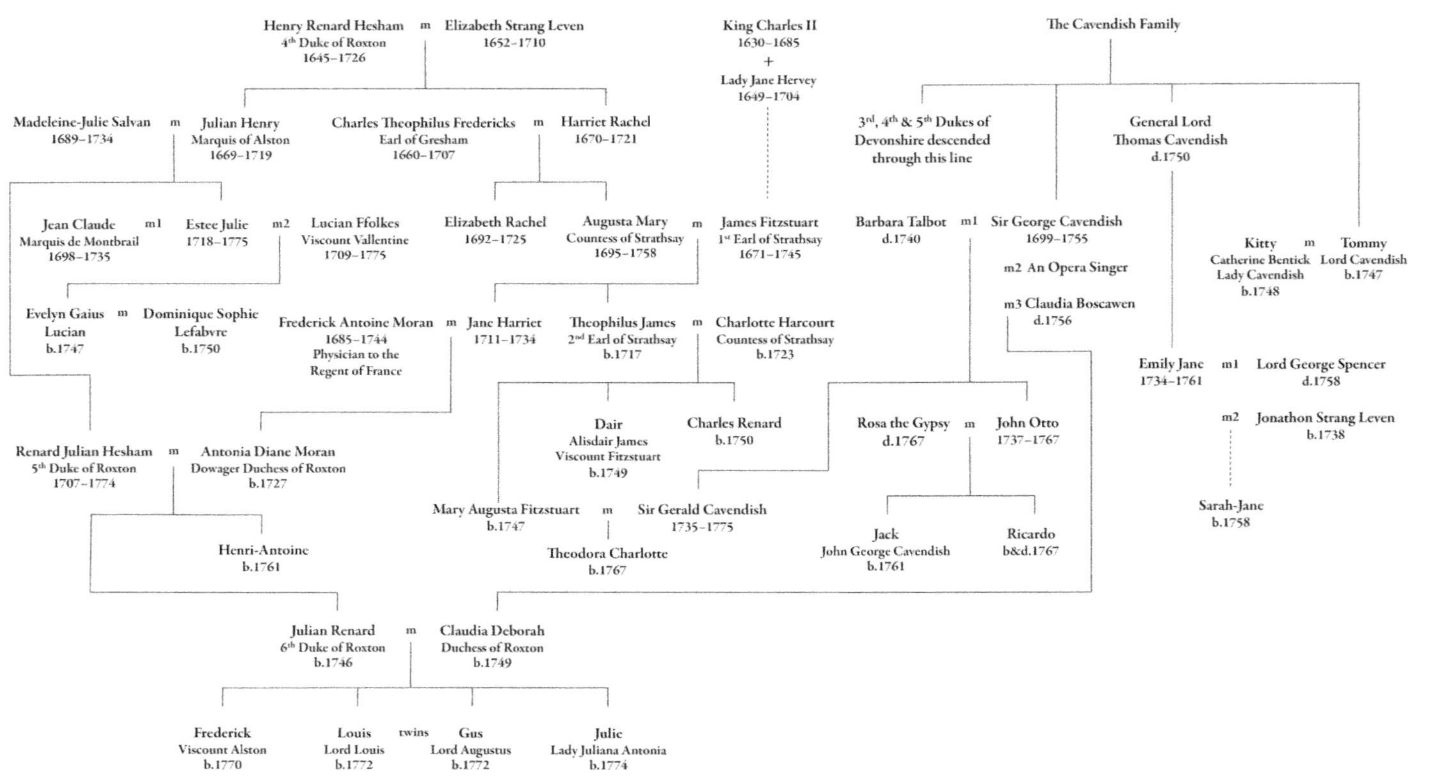

Henry Renard Hesham m Elizabeth Strang Leven
4th Duke of Roxton
1645–1726
1652–1710
King Charles II
1630–1685
+
Lady Jane Hervey
1649–1704
The Cavendish Family
Madeleine-Julie Salvan m Julian Henry
1689–1734
Marquis of Alston
1669–1719
Charles Theophilus Fredericks m Harriet Rachel
Earl of Gresham
1660–1707
1670–1721
3rd, 4th & 5th Dukes of Devonshire descended through this line
General Lord Thomas Cavendish
d.1750
Jean Claude m1 Estee Julie m2 Lucian Ffolkes
Marquis de Montbrail
1698–1735
1718–1775
Viscount Vallentine
1709–1775
Elizabeth Rachel
1692–1725
Augusta Mary m James Fitzstuart
Countess of Strathsay
1695–1758
1st Earl of Strathsay
1671–1745
Barbara Talbot m1 Sir George Cavendish
d.1740
1699–1755
m2 An Opera Singer
m3 Claudia Boscawen
d.1756
Kitty m Tommy
Catherine Bentick
Lady Cavendish
b.1748
Lord Cavendish
b.1747
Evelyn Gaius m Dominique Sophie
Lucian
b.1747
Lefabvre
b.1750
Frederick Antoine Moran m Jane Harriet
1685–1744
Physician to the Regent of France
1711–1734
Theophilus James m Charlotte Harcourt
2nd Earl of Strathsay
b.1717
Countess of Strathsay
b.1723
Emily Jane m1 Lord George Spencer
1734–1761
d.1758
m2 Jonathon Strang Leven
b.1738
Sarah-Jane
b.1758
Dair
Alisdair James
Viscount Fitzstuart
b.1749
Charles Renard
b.1750
Rosa the Gypsy m John Otto
d.1767
1737–1767
Renard Julian Hesham m Antonia Diane Moran
5th Duke of Roxton
1707–1774
Dowager Duchess of Roxton
b.1727
Mary Augusta Fitzstuart m Sir Gerald Cavendish
b.1747
1735–1775
Theodora Charlotte
b.1767
Jack
John George Cavendish
b.1761
Ricardo
b&d.1767
Henri-Antoine
b.1761
Julian Renard m Claudia Deborah
6th Duke of Roxton
b.1746
Duchess of Roxton
b.1749
Frederick
Viscount Alston
b.1770
Louis twins Gus
Lord Louis
b.1772
Lord Augustus
b.1772
Julie
Lady Juliana Antonia
b.1774

DIETRO LE QUINTE

Andate dietro le quinte di *Eternamente Vostro*—
esplorate i posti, gli oggetti e la storia del periodo su Pinterest.

www.pinterest.com/lucindabrant

Milton Keynes UK
Ingram Content Group UK Ltd.
UKHW011938130923
428636UK00002B/25